마스다 미리
오늘의 인생 3: 언제나 그 자리에

이소담 옮김

새의노래*

벚꽃.

꽃가루 알레르기가 있어서 꽃가루 날리지 않는 비 오는 날은

꽃구경하기 좋은 날.

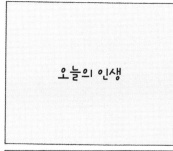

오늘의 인생

주택가를 지나는 중.

봄비

이맘때 현관 앞 제비꽃이나 팬지는

아.

올해도 또 볼 수 있어서 다행이야,

"부디 벚꽃을 보세요."

라는 마음이 매년 강해져요.

라며 조신하게 구는 것 같아요.

나이를 먹는다는 것이겠죠.

오~

공원 카페에서 진저에일.

활짝 핀 공원 벚꽃

멍하니
있지 않는
것이
더 아깝다.

테라스
자리에서
멍하니

그런 오후가
이 세계에는
존재했습니다.

뭔가
생각하고
싶다면
생각할 수 있는
순간이지만

카페에서
나오자
비가 그치고

생각하는 게
아깝다.

다시
벚꽃 구경.

멍하니
있는 것이
아까운 게
아니라

여우의
갈색 꼬리가
등불로 보여
인간이 무심코
따라가게
된다는

산에서
여우에 홀리는
것처럼

어린 시절
엄마에게 들은
이야기를,
나는

저 안쪽
벚꽃에
이끌려
걸었어요.

마치
내 눈으로
본 듯한
추억으로
여긴답니다.

돌아가신
할아버지는
밤에 산에서
여우에 홀려

여우 꼬리.

정신을
차렸더니
강물에
서 있었다고
해요.

머리 위에
있는 것은
기억 속의
벚꽃이기도
하고

벚꽃 구경에
질리는 날이
올까?

주변 사람들도
이곳이 아닌
어딘가의
벚꽃 아래에
있다면

꽃이
다 질 때까지

SF 같네.

포기할 수
없는 벚꽃.

마침내
마스크를
벗고 본
2023년 왕벚꽃
이었습니다.

올해의
벚꽃을 보고
있는데

오늘의 인생 2020

오늘의 인생

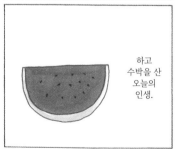

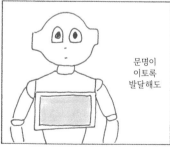

다들
움직이지
않는
그 몇십 초.

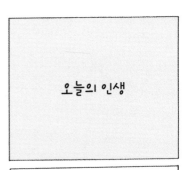

오늘의 인생

'규칙'의
아름다움을
느낀
오늘의 인생.

건널목.

저 멀리서
구급차 소리가
들려

파란
불이지만

전혀 앞을 보지 않는다

누구보다도
위험했던
오늘의 인생.

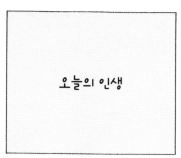

오늘의 인생

공원에서
자전거
연습을 하는
아빠와
아이가
있었어요.

그래그래,
앞을 봐!!
위험하니까!!

위험
하다니까!!
천천히
달려야지!!

라고
말하는
아빠가

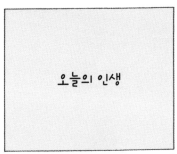

오늘의 인생

봉지
있어요.

계산하던
중이었어요.

150엔
입니다.

물건을
봉지에
담는 중에
직원이
거스름돈을
건네
주었는데요.

가게에서
나온 뒤,

빤히~

이 상태로
기다리니까
초조해져서

왜 그렇게
재촉한담?

아,
네엣.

도중에
거스름돈을
받았는데

다른 손님도
없었는데.

앗.

어중간하게
봉지에 담겼던
물건이 바닥에
떨어졌어요.

우~

한참이나
찝찝한 기분.

어떻게
하실래요?
바꾸실래요?

아,
괜찮아요.

라고
말했다면
초조하지
않았을
거예요.

아,
그렇
구나.

그러나
한동안
걷다가
깨달았습니다.

나의
당연함에
익숙해지면
안 된다고
생각한
오늘의 인생.

말하면
좋았을걸.

제대로
부탁할 걸
그랬어.

물건 담는
중이니까
거스름돈은
트레이에
놔 주세요.

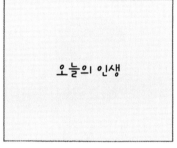

오늘의 인생

응?

내가 벗은
타이츠가

어디
가니?

달리고 있던
오늘의 인생.

어린아이에게

오늘의 인생

웃어줄 수도
없게 되었어요.

마스크를
쓰고
있으면

저 아이가

웃는 얼굴이
전해지지
않아서

어른들에게
받았어야 할
웃는 얼굴.

길에서
만나는

이 코로나
유행으로
도대체
얼마만큼이나
받지 못했을까.

라고 생각한
오늘의 인생.

그래도
이동하지 않으면
안 되는 이유가
있겠죠.

오늘의 인생

힘내.

산책로를
가로지르는
애벌레가
있었어요.

인간에게는
고작
한 걸음
이지만

저들에게는
목숨을 건
거리.

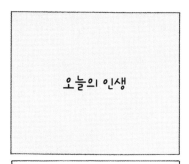

오늘의 인생

어드벤트
캘린더를
샀어요.

기대
된다~

크리스마스까지
매일 과자의
문을 여는
것이죠.

......

다 먹을 때까지
칼로리 문제는
일단 제쳐두겠
습니다.

공사 현장의
안내원.

안녕
하세요.

동네 초등학교
아이들과
잘 아는
사이인가 봐요.

있잖아요,
돈 얼마
받아요?

안녕.

엄청난 질문.

하핫

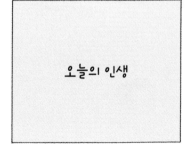

오늘의 인생

이런 생각을 하며 걸었는데

대대적인 일급 발표!

8천 엔.

'8천 엔'

귀멸 열쇠고리 스무 개 살 수 있네?

이라고 아이들의 질문에 솔직히 대답한 안내원은

『귀멸의 칼날』이 기준인가.

오호라

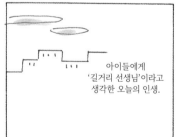

아이들에게 '길거리 선생님'이라고 생각한 오늘의 인생.

8천 엔 빙고!

잠깐, 열쇠고리가 400엔이라고 치면 스무 개에….

오늘의 인생 2021

유럽 여행하는 것 같아~

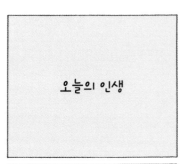

오늘의 인생

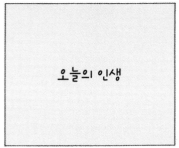

오늘의 인생

정초 3일.

1월 1일부터 3일까지 사흘간

(정초 종료)

그때 이후로는 평소대로

신호 없는 건널목.

그럼 그렇지.

친절한 사람을 하염없이 기다리는 오늘의 인생.

오옷

딱 맞춰

거의 모든 차가 멈춰주었습니다.

오늘의 인생

하교하는
초등학생이
자판기에 모여
있었어요.

무슨 일이지.

하굣길의
즐거움이군.

『귀멸의 칼날』
캔 커피를
구경하고
있나 봐요.

하핫

오늘의 인생

이런 색이었구나.

참 예쁜 초록색이어서

오늘의 인생

시원~

마음이 시원해졌던 오늘의 인생

오랜만에 그림책 『구리와 구라』를 읽었어요.

앗

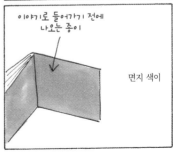

이야기로 들어가기 전에 나오는 종이

면지 색이

경기가 시작된다!!

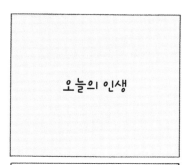

오늘의 인생

라고 생각한 오늘의 인생.

왼편에서 야구 소년 삼인방이 왔어요.

오른편에서는 한 어른이

아주 길쭉한 형광등 (상자에 담김)을 가방에 꽂은 채로 왔고요.

아, 아버지다

아버지를 모신 제단까지 안내해줘요.

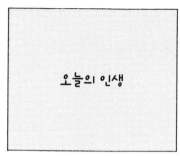

오늘의 인생

엄마와의 화상 전화로 보는 아버지의 영정 사진.

잘 지내요~

엄마와 스마트폰 스카이프로 통화할 수 있어서

아버지, 지금 이 세상은 큰일 났어요.

그렇구나~

일주일에 한두 번은 얼굴을 보며 대화합니다.

영정 속 아버지는 이제 나이를 먹지 않고 평온하게 웃고 있습니다.

가끔 엄마가 방에서 이동해

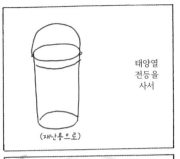

태양열
전등을
사서

(재난용으로)

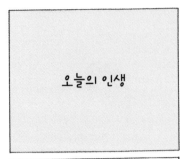

오늘의 인생

밤에
점등.

나 홀로
캠핑

작은
공간에서
캠핑 온 기분을
살짝 맛본

시작
했습
니다.

오늘의 인생.

크리스마스
트리

집 한구석
에서….

태양열
전등

캠핑용
의자

34

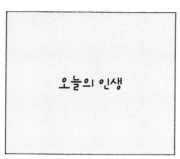

오늘의 인생

중학생이

나무 위에서
스마트폰을 하던
오늘의 인생.

좋겠다~

오늘의 인생

스마트폰을

가까이
두지 않았더니

일이
순조롭게
풀린다고 느낀
오늘의 인생.

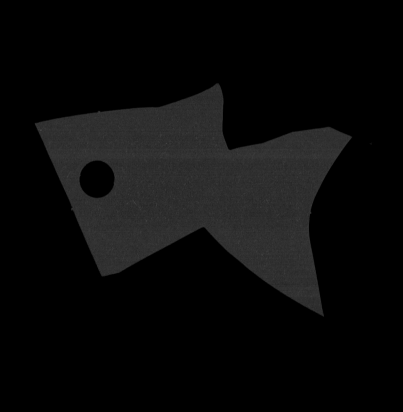

앞으로는
내 시간을

너무도
답답하지만

내 인생을
더 소중히
여기고 싶다고

가지 않아도
되는 곳에는

생각한

가지 않아도
괜찮게 됐네.

아무렴,
아무렴.

오늘의 인생.

코로나가
끝난 뒤에도

나도 한번
사볼까.

톡톡

멜빵바지를
입고 밖으로
나가자

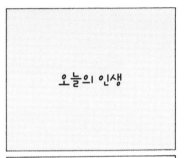

오늘의 인생

뭐지,
이 안심되는
마음은!!

새로운
만화
주인공에게

라고 생각한
오늘의 인생.

갑옷을
입은 것 같은?

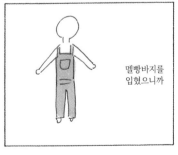

멜빵바지를
입었으니까

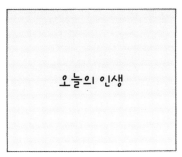

오늘의 인생

좋아하는
매콤달콤
소고기구이를
만들어
밥에 얹고

우물

한 입
먹어보기.

맛있어 맛있어 맛있어
맛있어 맛있어 맛있어
맛있어 맛있어 맛있어.

머릿속이
이 단어로
채워진
오늘의 인생.

눈을 감고
울었어요.

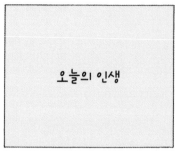

오늘의 인생

소설 속
세계에서
떠나기
싫었어요.

일요일,
조금씩
읽기 시작한
가즈오
이시구로의
『클라라와
태양』

한동안
거기에 있고
싶었어요.

끝났다.

한밤중에
다 읽고

지금은 아무것도
눈에 넣고
싶지 않아.

너무나도
대단해서

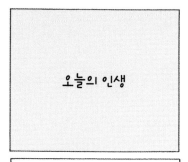

오늘의 인생

의자를
수리하러
보내기로
했어요.

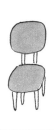

현관에서
업자를
기다리는
의자가

괜찮단다.

불안해 보였던
오늘의 인생.

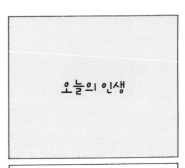

오늘의 인생

자전거를
타고 지나간
남자아이.

뒤에서
들려오는
여자아이의
목소리.

부채 찾는 거
귀찮아.

오늘의 인생

뭔가
대신할
만한 게….

섞으면
끝.

즉석
지라시즈시*를
만들었어요.

이거면
되겠지.

그러고 보니
지라시즈시는
'부채질'을
해야
한다,

무
거
워.

도마로
부채질한
오늘의 인생.

라는 걸
떠올렸으나

*초와 소금을 친 밥 위에 얇게 썬 생선회, 달걀, 채소 등의 고명을 뿌리듯 얹은 음식.

47

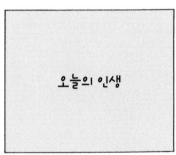

오늘의 인생

엄마~!!

아이가
달려왔어요.

냄새 맡고
싶어~!!

그 강력한
힘을 전혀
모르고
있어요.

아이들도
알고 있는

아,

냄새
나.

"냄새나"라는
말의 파괴력.

방금
조금이지만
여름 냄새가
났어!!

상대를 순식간에
불안하게 해요.

좀 돌아서
집에 가자.

코로나,
두 번째 여름이
코앞까지 온
오늘의 인생.

엄마~

그런데도
아이들은
"엄마 냄새 맡고
싶어"라는
말이 지닌

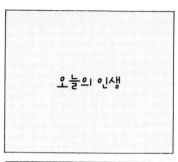

오늘의 인생

응?

멋진
고양이를 본

오늘의 인생.

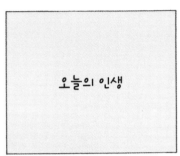

오늘의 인생

세련된
빵집에.

이거랑
이거랑
이거랑.

맛있겠다!!라고
생각한 빵을
척척 주문.

팬데믹.

지금은 평소가 아니어서

ㅎㅎ~흥

잔뜩 샀다~

참아야만 하는 날들.

원하는 것을 원하는 만큼

이거랑 이거랑

가끔은 마음 가는 대로 쇼핑해도 괜찮지 않을까.

이런 식의 쇼핑은

그리고 이것도. 이건 두 개.

즐겁지 않을까.

평소에는 하지 않는데

냉동한 빵은
자연 해동해도
맛있어서

응 응 응

다
먹었다.

냉동해 둔
빵이 사라지면

오늘도
가볼까!!

석유왕 기분을
만끽하고자
세련된 빵집에
갑니다.

종종
종종

55

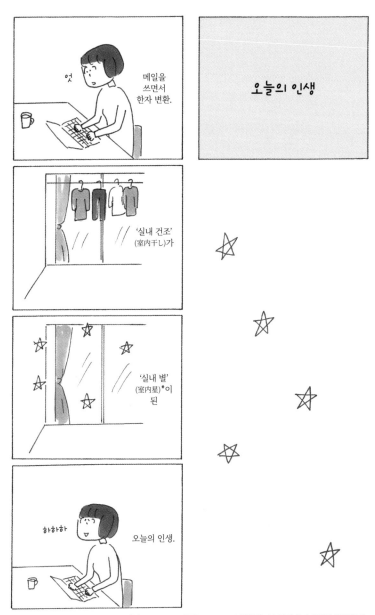

엇

메일을
쓰면서
한자 변환.

오늘의 인생

'실내 건조'
(室内干し)가

'실내 별'
(室内星)*이
된

하하하

오늘의 인생.

*건조(ぽし; 보시)와 별(ほし; 호시)의 발음이 비슷하여 한자 변환이 잘못된 것.

56

오늘의 인생

꽃집에서

직감!

생각하지
마!!

지금, 이 순간
마음에 든 꽃을
골라서 샀더니

기쁘다.

아주 멋진
꽃다발이 완성된
오늘의 인생.

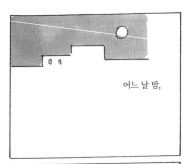

어느 날 밤,

고등학생 시절
일기를 다시
읽어 보았어요.

오늘은
"싫다"라고 적은
친구도

다음 날이면
"역시 즐겁다"라고
적혀 있기도

하하

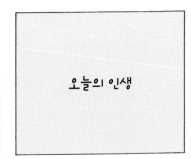

오늘의 인생

다 못
읽겠어!

읽는 것이
힘들었던
오늘의 인생.

매일매일
충실했네.

친구, 연애, 시험,
아르바이트,
장래 희망….

오늘의 인생

아빠가
진짜 싫어!

일기를
다시 읽으며
생각한 것은

무슨 일이
있었지?

갑자기
커다랗게
갈겨쓴
글씨가.

알바
너무 많이 했네.

나

되게
지친다….

아무튼
마음 속이
번잡해
보여서

대단해

갑자기
생각났어!!

어서
오세요.

고2 여름
방학에는
거의 매일
아르바이트를
했고

많은 걸
배울 수
있었겠지.

훙

아르바이트
말고 책을
좀 더 읽거나
했으면…

아하하하

아르바이트
사이사이
친구와
논 느낌.

그렇지만

먹을래?

그러고 보니
친구 집에서

빵집, 우동 가게,
오코노미야키 가게,
과자 공장,
레스토랑….

아르바이트
경험은

슬라이스
치즈로 감싼
오이를
먹은 것이

'사람을
믿는 것'

훗날 혼자서
상경했을 때
아주 요긴했던
것 같아요.

이라는
우직함이
아닐까,

그림 영업

잘 부탁
합니다.

하고 돌이키곤
합니다.

모르는 사람을
대하는 데
면역이 생겼나?

'사람을 믿는 것'은
'자신을 믿는 것'보다
도움이 돼요.

일감을
구하러 다닐 때
제일 중요한 것은

그렇게 믿지
않으면 영업
하러 다닐 수
없고

적어도
상경하고
얼마 안 된
20대의
내게는

하하하

보시다시피
그림도
잘 그린다고
할 순 없어서

그랬답니다.

머릿속의
이미지에
내 오른손이
따라가지
못하는
셈인데,

직접 만나러
가서 말하면
알아주는
사람이 있다.

그 점을
눈감아주고
알아주려는
사람이
틀림없이
있을 것이다.

기회를 주는
사람이 있다.

그건
'자신을 믿는 것'

'타인에게
맡긴다'

이라기보다

에 가까우려나.

이런
생각을 한
초여름
오늘의 인생.

딱 하루만
열한 살로 돌아간다면
영원했던
미래를 보고 싶다.

완성.

예전에 친구가
만들어줬는데
맛있었어요.

비슷한
걸로는….

'피카타'라는
발음이
예뻐!!

피카타를
만들었어요.

응 예쁘다
처녀자리 일등성

'스피카'
라든가?

소금과
후추로
간을 한
돼지고기에
밀가루를
묻히고

라고 생각한
오늘의 인생.

'빠삐코'도
좋지.

(다양한
방식이
있음)

달걀과 분말
치즈 옷을
입혀 굽는
이탈리아
요리.

오늘의 인생

해 질 녘,
신호를
기다리고
있었어요.

세븐일레븐은
24시간
열려 있지.

라는 아이의
목소리가
들렸어요.

일레븐이 11시야,
영어로 11시.
세븐이 7시.

아빠

예전에는
아침 7시부터
밤 11시까지
열었어.

그러자
이번에는
아빠의
목소리가
들렸는데

아버지,
영어를 가르칠
기회구나.

하하하

흐응.

아이

아빠의
목소리가
다정해서

세븐은 7시이고
일레븐은 11시야.

아빠

왠지 모르게
기뻤던
오늘의 인생.

아이

흐응.

③ 한입 크기
히레카쓰
(안심 돈가스)

오늘의 인생

샀다~

끙~
오늘은
뭔가 사 와서
먹어야지.

생선·채소·고기
전부 다~♪

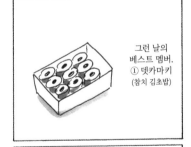
그런 날의
베스트 멤버.
① 뎃카마키
(참치 김초밥)

커피

오는 길에
아이스 카페
오레를
테이크아웃.

② 갓파마키
(오이 김초밥)

올해도 마스크라 덥겠다.

벌써 6월이네.

2021년, 세 번째 긴급사태를 선언한 도쿄 였습니다.

스마트폰 확대경….

응?

오늘의 인생

도착 했다~

사봤습니다.

스마트폰으로 유튜브를 보면

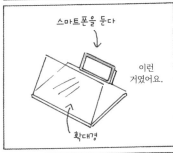

스마트폰을 둔다

이런 거였어요.

확대경

눈이 피로해!!

아~

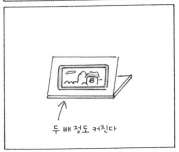

두 배 정도 커진다

'스마트폰 화면 크게'로 검색

그래도 역시 보고 싶어서 스마트폰 화면을 확대해주는 걸 찾았어요.

있는 그대로

거기 사는 기분~

파리의 카페 메뉴나 헬싱키의 잡화점, 뉴욕의 식당.

….

문제는 뒹굴면서 볼 수 없다는 것….

대단하다~

그러고 보니 최근 연예인 미쓰우라 야스코 씨가 캐나다 유학을 떠나서 화제였죠.

하늘에 띄운 스마트폰 갖고 싶어.

나른~

영어 공부할 때는 가끔 사용하지만 결국 작은 화면으로 돌아왔습니다.

이젠 못할 거라고 <u>스스로</u> 한계를 잔뜩 세운 일을 반성하고

오늘의 인생

뭔가 해보고 싶다는 기분이 든 오늘의 인생.

스웨덴 마트다.

주로 보는 유튜브는 외국에서 사는 일본인의 채널입니다.

가방에
애니메이션
배지를 잔뜩
달았는데

자신이
좋아하는
것을 세상에
알리는 게

진짜
멋있잖아!!!

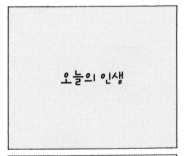

오늘의 인생

나도 저 애니메이션
보고 싶네.

라고 생각한
오늘의 인생.

신호를
기다리는데
앞에 선
중학생.

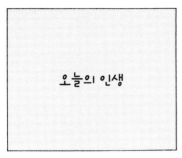

오늘의 인생

원고를 쓸 때

우웅
우웅
우웅

최고의 BGM.

우웅
우웅
우웅

홈 제빵기가
반죽하는 소리.

오늘의 인생

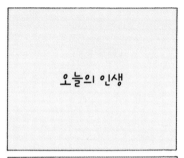

긴급사태
선언

네 번째인
도쿄입니다.

원고,
우체통에 ↙

요즘은 하루에
감염자가
약 4천 명에서
5천 명.

40명으로
놀랐던 시절도
있었지….

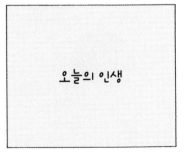

오늘의 인생

대충 비슷한
나이대의
사람이니까

오늘의 인생

초등학교
교실에서 다 같이
타임워프한 것
같네.

50대
백신 접종이
시작되었어요.

우리 몇 학년이지?
초등학교
48학년인가?

하하

접종하고
15분간
상태를 보려고
쉬는 곳에는

급우
라니.

이런 미래가
기다릴 줄은
상상도 못 했던
급우들.

사람들
30명쯤이
간격을
두고
앉아 있었
습니다.

집에 가면 아이스크림을 먹어야지,

그야 당연한가.

다들 어딘가 불안해 보인다.

라고 생각하자 기운이 난 오늘의 인생.

그 시절에도 예방접종 날에는 1교시부터 안절부절 못했었지.

어른이 되어도 내 몸에 뭔가를 하는 건 무서워.

15분 지났다. 가자!

덜컹

멋진
카피다!!

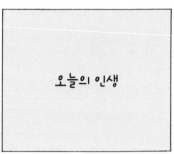

오늘의 인생

당황스럽기만 했던
작년의 코로나
생활 중에

산토리 차 광고의
가쿠 겐토 씨가
길을 걷는
장면에서

이 카피를 보니까
왠지 마음이
놓였습니다.

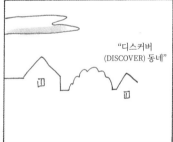

"디스커버
(DISCOVER) 동네"

여행도 못 가고
놀러 가지도
못해요.

라는 카피를
봤을 때(2020년)

맛있겠다

발견.

자판기에
'딸기우유'.

유일하게
할 수 있는 것이
동네 산책.

디스커버 동네,
괜찮은데~

동네 발견.

그걸
'디스커버 동네'라고
생각을 전환했어요.

정말로
발견
했어~

발견.

동상의
뒤통수가
보이는 집.

누구지?

오늘의 인생

종종 종종

산책 중이던
얌전해 보이는
멍멍이.

휘익~

킥보드를 탄
사람이
지나가자

멍 멍 멍

마구마구
짖었던
오늘의 인생.

휘익~

쇼핑하고
돌아오는 길에
빙수를 먹는데

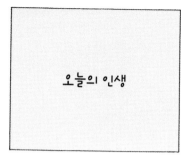

오늘의 인생

빙수
아작 아작
빙수
맛있겠다~

먹고
싶어.
빙수

어떤
기쁨이지?

라는
소리가 들려
왠지 기뻤던
오늘의 인생.

지우개가
전부
작아져서

오늘의 인생

우유사탕
같아.

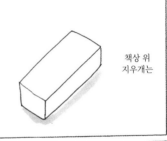

책상 위
지우개는

맛있겠다.

라고 생각한
오늘의 인생.

하핫

행방불명되지
않도록
쓰고 나면
과자 상자에
넣어둡니다.

빤히~

요전에
상자를 열어
물끄러미
봤더니

딱 하루만
열일곱 살로 돌아간다면
자유롭게 풀어주고 싶어
나 자신을.

쇼핑하러
나온 김에
당첨금을
받으러
갔더니

만화『원피스』
스크래치
포스터가
눈에
띄었어요.

오늘의 인생

"잃어버린 것만
헤아리지 마!!!"

엄마가
본가에서
과자와 함께
스크래치
복권을
보냈어요.

돈으로
바꿔
주세요.

포스터에
이렇게 적힌
글을 보고

오오

긁었더니
2천 엔에
당첨되었
습니다.

84

타이완 여행
갈 수 있으려나?

돌아오는 길,
최근
생각했던 것이

올해 도쿄,
거의 1년 내내
긴급사태
선언.

같은 생각을
했었는데

가슴속으로
퍼져
나갔습니다.

가질
못하네~

외국은커녕
본가
오사카조차
멀어서

2021년,
코로나
두 번째 가을.

일상을
잃어버린 채.

내년에는
진정되겠지.

작년
이맘때는

빨리
잃어버린
일상을
되찾으면
좋겠다고
줄곧
바랐으나

이미

시간은
되돌릴 수
없는
법이고

잃어버린 것을
헤아릴 시기는
지났을까.

'잃어버린 일상'
이라지만

내년에는,
2년 뒤에는,
5년 뒤에는,

애초에
인생에 똑같은
시간은 두 번
다시 없고

언제나
지금은
지금….

이런 희망을
품는 것이 이제는
소용 없을지도….

쓸 수 있는 것은 팔거나 기부했어요.

그런 생각을 했더니

예전에 단식원을 취재한 적이 있습니다.

단식

지금 필요 없는 것을 정리하고 싶어졌어요.

단식 중의 증상은 사람마다 다르다고 하는데

배고프다~

외출용 옷과 손님용 슬리퍼

먹지 않는데 나오는 신비.

나는 아래쪽 사정이 좋아졌어요.

일단 버리자.

카드 류는

회원증과 포인트 카드.

87

잃어버린 것을
헤아리지 않고

휴우

기대도 없이
절망도 없이

복권
당첨금으로 산
바나나 케이크나
먹을까.

산다?

오늘을

그런 생각을 한
어느 가을날
이었습니다.

폭신폭신.

우와~

89

아무렇지 않게 넘어간 청년….

오늘의 인생

아무렇지 않은 세계.

비둘기가 길에서 뭔가를 쪼아 먹고 있었어요.

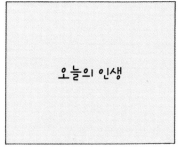

오늘의 인생

맞은편에서 청년들이 걸어왔어요.

하교하는 초등학생들이

아무렇지 않게 계속 먹는 비둘기를

90

카페에서
차를
마시는데

가을 햇살을
받으며
그림자놀이를
하고 있어서

참새

'새'로 시작하는
단어야.

끝말잇기 하는
목소리가
들렸어요.

아름다운
장면을
봤어!!

새롬!!
새롬이!

라고 생각한
오늘의 인생.

이름은 안 돼~
'롬'으로 시작하는
단어도 없잖아.

귀엽다.

오늘의 인생

오늘의 인생

'이 사람은

네,
잠시만
기다리세요.

이쪽~

지금 뭔가
말씀하셨나요?

오늘의 인생

그럴 것
같았는데.

아,
뒤에서 난
소리예요.

바이올렛
모종 세 개
주세요.

상점가
꽃집에서

유난스럽게
눈으로 웃거나
유난스럽게
밝은 목소리를
내며

마스크를
쓰고 있으면
누가 말했는지
모를 때가
있어서요.

고맙
습니다
!!

타인을
대하게
되어서

북적거리는
길이어서
헷갈리겠구나.

과연

혼자가
되었을 때

마스크 생활이
길어져서

낮추자.

긴장감을
낮추는
시간이
필요해
졌습니다.

입매로 '미소'를
표현하는 대신

이것도 좋다.

이미
몇 번이나
온 적 있지만
비 오는 날은
처음이에요.

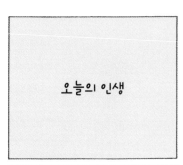

오늘의 인생

비와
조각이
멋져.

우와~

3년 만일까요.

하코네
조각의 숲
미술관에
갔습니다.

일본
최초의
야외
미술관.

드넓은
산속에

제일
좋아하는
미술관이에요.

만났다.

제일 좋아하는 미술관의 제일 좋아하는 작품은

조각 120점이 전시되었어요.

니키 드 생팔의 「미스 블랙 파워」.

이거 좋아~

나 왔어~ 오랜만이야!

비에 젖어 번쩍거리는 작품도 아름다웠고

응.

걸어 왔니?

전에는 입구 근처에 서 있었는데 지금은 안쪽 광장에.

번쩍

비가 그치고 태양이 내리쬐는 광경에도 가슴이 뛰었어요.

안은
새카만 암흑.

헨리 무어의
다정한 조각

손으로
더듬더듬
나아가면
의자가 있고

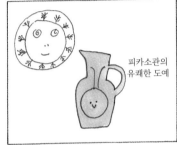

피카소관의
유쾌한 도예

이영차.

이노우에
부키치의
「마이 스카이 홀」은
체험형 작품.

있다.

앉으면
천장
구멍으로

갈색 상자를
통해 지하로
내려가요.

더욱 심금을
울렸습니다.

하늘이
보여요.

밖으로 나오자
가을의
저녁놀이
펼쳐져서

그때 그 순간의
자신에 따라
느낌이
달라지는데

인간이
만든 것도
아름답지만

이번에는
코로나로
숨이 막힐
듯한 나날과

가슴이
촉촉했던
오늘의 인생.

저녁놀을
이기지
못하네.

구멍 너머에 있는
햇빛이 작품과
겹쳐서

어떤 케이크로 하지!!

생크림이냐 버터크림이냐.

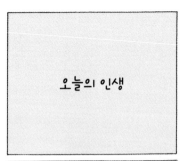

오늘의 인생

맛있지~

최근 버터크림 케이크의 맛에 눈을 떠서

어느 쪽이 좋을까~

생크림이냐 버터크림이냐.

앞으로 인생에서 이런 행복한 고민을 세 배쯤 더 하면 좋겠다고

진짜 고민돼.

고민된다 ~~~

마지막 순간까지 고민하고 싶어.

생각한 오늘의 인생.

크리스마스 케이크 예약.

오늘의 인생 2022

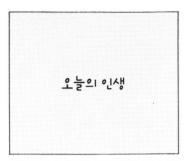

오늘의 인생

까만
자동차 위에
삼색
고양이가
있었어요.

다케모토피아노*
잖아!!

라고 생각한
오늘의 인생.

하하하

*일본의 중고 피아노 업체. 까만 피아노 위에 삼색 고양이가 올라간 장면으로 시작하는 광고로 유명하다.

괜찮아, 네 건 좋은 거니까.

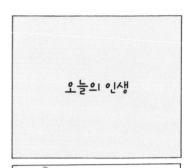
오늘의 인생

중길. (中吉)

새해, 신사의 점괘 코너.

뽑지 그래?

엄마는 좋은 점괘가 아니었나 본데….

다정한 따님이어서 좋겠다고 생각한 오늘의 인생.

엄마 한 번 더 뽑지?

응?

나도 한 번 더 뽑을 테니까.

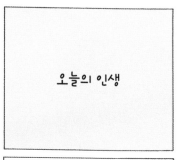

오늘의 인생

저녁때
뉴스를
보는데

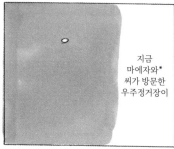

지금
마에자와*
씨가 방문한
우주정거장이

*2021년, 일본에서 민간인 중 처음으로 국제우주정거장에 머물렀던 마에자와 유사쿠.

2022년
1월 6일
도쿄 폭설.

신종 코로나
감염자가
다시 급격히
늘기 시작해

오미크론
네 이놈.

멍하니
창밖을
봤던

오늘의 인생.

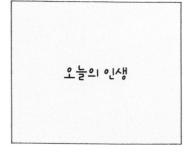

오늘의 인생

좋아

새해 첫
업무 메일.

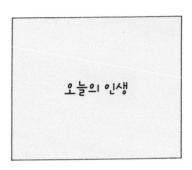

오늘의 인생

'새해(新年) 복
많이 받으세요'가

응?

'신념(信念)* 복
많이 받으세요'로
변환되어

라고 생각한
오늘의 인생.

이게 무슨
복이람?

*일본어로 새해와 신념 모두 신넨(しんねん)이라는 발음이다.

108

커다란
저택 앞을
걷는데

오늘의 인생

곤약을 삶는
냄새가
풍겼어요.

이런 저택에
사는 사람도
곤약을
먹는구나.

냄새
좋다.

라고 생각한
오늘의 인생.

오늘의 인생

연말에 산
히아신스 구근.

방이
따뜻하니까
금방 꽃이
피어서

와~
좋은 냄새.

작업실이
히아신스
향기로
채워졌어요.

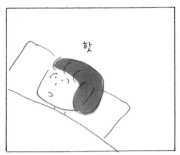

핫

밤에
꿈을 꾸며
향기를
느꼈답니다.

조금 더
자야지.

좋은
향기였다~

하~

온 세상이
히아신스
향기로
가득 채워진
엄청난
꿈이었죠.

작업실과
침실은
떨어져
있어서

향기가
흘러 들지는
않을 텐데
꿈에서는
향기가 나서

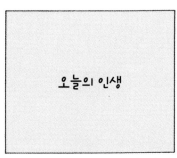

오늘의 인생

추웟!

겨울 오후.

내 연이
바람을
잘 타서
높이
올라가기
시작했을
때의 기쁨.

강한 북풍에
코트가
펄럭거린 순간

점점, 점점
높이, 높이

아

나도 모르게

손에 쥔
실타래가
엄청난
속도로 풀려

가슴 안쪽에서
행복한 느낌이
퍼졌어요.

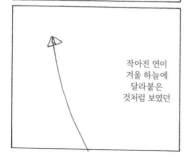

작아진 연이
겨울 하늘에
달라붙은
것처럼 보였던

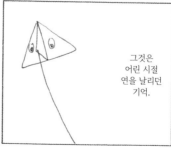

그것은
어린 시절
연을 날리던
기억.

그

어린 내가
최선을 다해
놀아줬으니까

지금의 내가
문득 행복을
느꼈어.

그 아이는

그 아이는

즐거웠던
시간을

사람은

어른이 되어도
잊지 않아요.

분명

지금의
나를 위해서도

놀아주었던
거예요.

오늘의 인생

아.

밤에 이불을
덮고 누워

주문해야지.

이불 속에서
빵 주문.
SF 같잖아.

빵을
주문한
오늘의 인생.

손을
뻗자

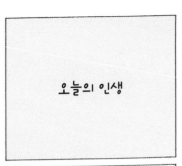
오늘의 인생

고양이
이마에
내 손그림자.

울타리 너머의
길고양이 씨.

쓰담쓰담
할 수 있었어요.

낮잠 자고
있었어요.

문득
생각했습니다.

그림자로
만질 수
있겠다.

손으로 드는
사람을 보게
되었는데

그림자는
아바타구나.

오

오늘의 인생

이건
처음이네.

비닐봉지
유료화에 따라

호박을 든
사람을 본
오늘의 인생.

아이스크림

다양한
물건을

(틀림)
굴 첨부
↓
(바름)
하기 첨부**

오늘의 인생

(틀림)
이얏카이 느낌
↓
(바름)
따뜻한 느낌***

보내기~

보내고 나서
깨닫는

'이얏카이'는
좀 심하게
바뀐 느낌인데.

완전히

컴퓨터의
변환 실수.

아

대체 왜

(틀림)
이런 감자이지만
↓
(바름)
국내도 그렇지만*

예를 들어

*둘 다 발음하면 곤나이모다케도(こんないもだけど).
**굴과 하기 모두 가키(かき)라는 발음.
***따뜻하다는 뜻의 앗타카이(あったかい)를 이얏카이(いあっかい)로 잘못 친 것.

빵

음.

평소와 다른
빵집.

미스터리.

확인하지
않는지
궁금했던
오늘의 인생.

파이

처음
들어가본
파이 가게.

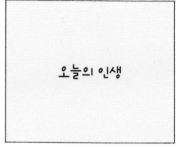

오늘의 인생

늘어난
간식을 들고
봄의
공원으로.

피었을까나~

저녁 산책
코스가
달라지는

내일의
기쁨과 함께
집으로
돌아간
오늘의 인생.

그러나 간식은
내일부터.

벚꽃의
계절입니다.

오늘의 인생

신호
기다리기.

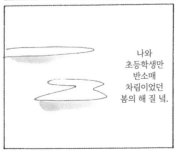

나와
초등학생만
반소매
차림이었던
봄의 해 질 녘.

예쁘네요.

어머,

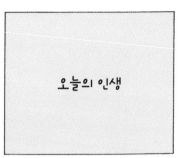

오늘의 인생

조금 기뻤던
오늘의 인생.

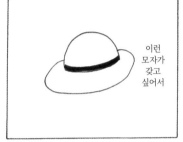

이런
모자가
갖고
싶어서

수예점

리본을
사서

여기에
리본을.

그러니까

내 모자를
수선해 달라고
했습니다.

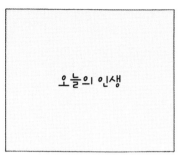

오늘의 인생

저녁에
카페 밖에서
차를 마시는데

아~
아~

빨리
열일곱 살이
되고 싶어.

부럽구나.

라는 말이
들렸어요.

나는 되고 싶은
나이가 없어서
….

응?
왜 그런 말을
하니?

엄마의
반응.

아니,
아니구나.

왜일까?

두 사람이
가버려서
왜 열일곱 살
인지는
알 수 없지만

라고 생각한
오늘의 인생.

흥 흥

내년에도
나이를 한 살
먹고 싶어!!

되고 싶은
나이가 있다니

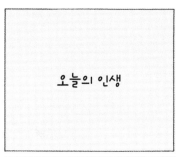

오늘의 인생

참자,
참자.

살을 좀
빼려고
간식을 끊고

하~

후~

운동한 날
밤.

어째서.

몸무게가
늘었던
오늘의 인생.

그랬던
다음 날,
전철을 탔더니

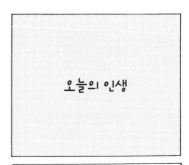

오늘의 인생

엇.

오래 알고
지낸
편집자가
눈앞에 있어서

응?

길에서
친구와 닮은
사람이 스쳐
지나갔어요.

혹시
모르니까.

돌아오는
길.

마스크
때문에 잘
모르겠어.

아닌가~
이런 먼 곳에서
만날 리 없나.

복권

복권을
살 수밖에
없다고
생각한
오늘의 인생.

아,
친구 맞았네!!

혹시 몰라
밤에 메시지를
보냈더니

쇼트커트
하고 싶은데

자주 자르러
가야 하니까

못 하겠다니까~

오늘의 인생

'정말 그래요~'
하고 고개를
끄덕이려 한
오늘의 인생.

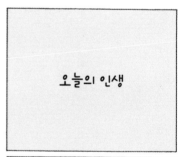

멜론
주스로
할까~

프루트 팔러.*

*과일 디저트 카페.

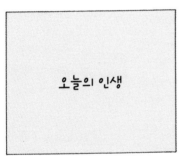

오늘의 인생

초여름,
공원에서
열린
마르쉐.

나무나

맛있는 게 늘어 난다~

채소와
수제
쿠키를
사서

비둘기들을
구경하기.

맛있어
맛있어

점심은
푸드트럭의
카레라이스.

조금 귀찮은
일을 끌어안고
있었는데

아몬드
우유라테를
사서 마시고

날씨
좋다.

지금
이 순간은
완벽하게
행복해서

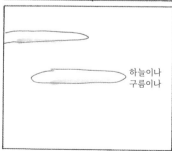

하늘이나
구름이나

되는대로
내버려둘
수밖에 없는
일도 있지만

처음부터
열쇠로
잠글 준비는
하지 말고

바람이
통하도록
열어두자

오늘의
인생.

라는
생각을 한

이 무게만으로
이미 맛있을 것
같아.

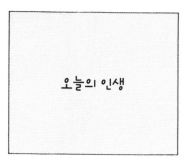

오늘의 인생

무게로
맛을 느낀
오늘의 인생.

저녁~

동네
중국집에서
포장.

중국식 잡채,
만두, 볶음밥,
그 외
이것저것

이 묵직함.

핏빛
같아.

오늘의 인생

핏빛!!

이리
온.

저녁에
산책을 하는데
어느 집에서
할머니와
손주가
나왔어요.

정말로 그날
저녁놀은
짙은
빨간색이어서

저녁놀이
예쁘네.

왠지
가슴 깊이
와닿는
말이었어요.

헬로

온라인
영어 회화.

←스마트폰

통할 줄
알았던
단어가 전혀
통하지 않는
일이
많았어요.

SF??

어라.

'SF'가 통하지
않는구나!!

몰랐어~

영어로는
'사이파이'
라는 걸
처음 안
오늘의 인생.

사
이
파
이.

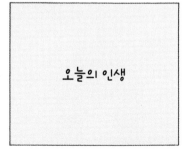

오늘의 인생

135

초등학교
1학년
정도로
보이는
아이들의
말다툼.

네,
아쉽
습니다!!

아니거든!!

흐응~

넌 나중에
무서운 엄마가
될 거야.
불쌍하다.

나는 아이
안 낳을 거니까.

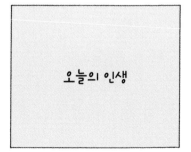

오늘의 인생

꽉꽉
차 있지
않아.

아,
그래.

이게
요즘 시대
일곱 살의
대화인가.

그 틈을
볼 때마다
묘하게
마음이
안정되고

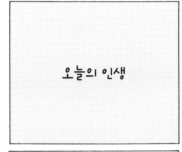

오늘의 인생

영원히
바라보고
싶은 기분이
들어서

옷 정리를
했더니

만족할
때까지
틈을 바라본
오늘의 인생.

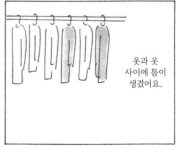

옷과 옷
사이에 틈이
생겼어요.

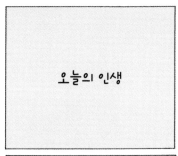

오늘의 인생

이거 맛있겠다!!

빵집에서

맛있어 보이는 빵을 발견했는데

응?

'대'와 '중'도
괜찮고
'중'과 '소'도
괜찮아요.

크기 차이가
제법
나더라고요.

그러나
큰 것과
작은 것을
비교하면

이쪽에서
진열장을 보면
이런 순서로

나

좀 떨떠름
하단 말이지.

점원 쪽

내가 하나를
주문하면

내 쪽

그래도
가끔 오는
빵집이니까.

"제일 앞쪽의
큰 걸로 주세요"
라고 요청할
수도 있지만

말하기
어려워

작은 걸
주겠지.

그렇지

오늘의 인생

얀바루
흰눈썹뜸부기*가
아닌 걸
알지만

아,
얀바루.

얀바루
흰눈썹뜸부기처럼
보이는 새를
자주 봐서

오늘도
봤어.

이미 얀바루
흰눈썹뜸부기로
여기고 있습니다.

*오키나와 천연기념물.

완전히
친구네.

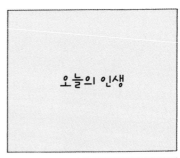

오늘의 인생

스쳐
지나간
엄마와
아이의
대화.

그거 누가
말했어?

알렉사*가.

*아마존에서 개발한 인공지능 음성 비서.

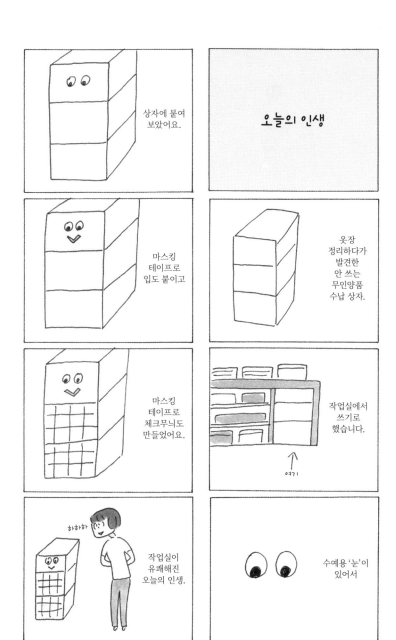

상자에 붙여
보았어요.

오늘의 인생

마스킹
테이프로
입도 붙이고

옷장
정리하다가
발견한
안 쓰는
무인양품
수납 상자.

마스킹
테이프로
체크무늬도
만들었어요.

작업실에서
쓰기로
했습니다.

여기

작업실이
유쾌해진
오늘의 인생.

하하하

수예용 '눈'이
있어서

엑~

없다고오?

오늘의 인생

새 친구를
사귀면
되지.

그래도 뭐

헉

꿈속에서
고등학생인
나 →

개학식에
지각하는
꿈을
꿨어요.

7반 담임
누구야?

나
몇 반이야?

곧바로
친구에게
전화해
(당시
스마트폰은
없었는데)

현재

헉

바로
그 순간
눈을
떴는데

어,
내 친구
누가
있어?

7반~

하하하

라고 생각한 것이 이상하게 굉장히 기뻤습니다.

'열일곱 살의 나'라는 감각이

조금 전까지 열일곱 이었어.

이리도 신선하게 내 안에 여전히 남아 있는 것에 감동했고

꿈속에서 열일곱 살인 내가

'그래도 뭐 새 친구를 사귀면 되지.'

오늘의 인생

찾았다.

꿈속에서
화장실을
찾다가
간신히
발견했더니

그
화장실은

8년 뒤까지
예약이
차 있습니다.

8년!!

라는 말을
들은 꿈속
오늘의 인생.

마침 오래됐으니까 새것으로.

우선 100엔으로 세숫대야 구입.

으음~

의미를 따지려니까 고민된다.

남은 100엔은 정하지 못해

오늘의 인생

아, 이거 사자.

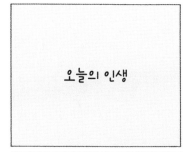

KDDI* 시스템 장애 보상으로 200엔을 받을 수 있다고 해서

만두 빚는 도구를 산 오늘의 인생.

100엔 숍에 갔어요.

이 200엔을 의미 있게 써보자!!

*일본의 통신업체.

147

그 사람, 찐으로 부자니까.

스쳐 지나간 여자의 대화.

오늘의 인생

'찐으로'라니 대단하게 들려.

스으윽~

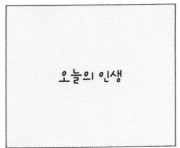

오늘의 인생

스으윽~

카트로 이동하는 사람을 본 오늘의 인생.

베란다

달구경

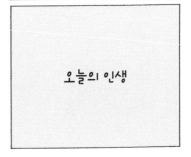

오늘의 인생

148

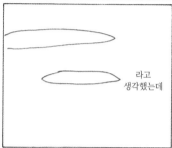

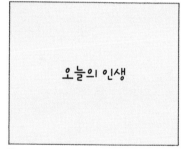

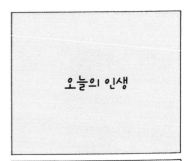

오늘의 인생

단풍이

눈처럼
내리는 것을
한참 동안
지켜본
오늘의 인생.

정말 기대됩니다요

마지막에
'요'를 붙여
버린 것을
알아차렸어요.

이게
무슨 이상한
말이람!

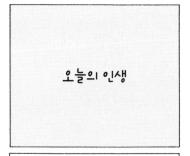

오늘의 인생

괜찮겠지.

그래도 뭐
괜찮다 싶어
그대로 둔
오늘의 인생.

좋아

업무 메일을
보낸 뒤,

밤 긴톤 주세요.

단바구리*로 만든 밤 긴톤**도 추가했는데

오늘의 인생

어마어마한 사치다.

한 개에 900엔이었어요.

두근 두근

교토역 신칸센 개찰구 안쪽의 '호센' 카페에 들렀어요.

오래 기다리셨 습니다

밤색 팥죽

가을의 맛, 밤 단팥죽.

조금씩 먹어야지.

한입에 먹을 수도 있지만

맛있어~

좋아해서 이 계절에 들르면 꼭 주문합니다.

*간사이 지역에서 나는 알이 굵직한 최고급 품질의 밤.
**강낭콩과 고구마를 삶아 으깬 뒤 밤 등을 넣어 만든 달콤한 과자.

자,
일하자.

11월 11일

대략
300엔어치
!!

라고
생각하다가
3분의 1쯤
무릎에
떨어뜨렸
습니다만

스마트폰을
봤더니

야금
야금

당연히
주워 먹었던
오늘의 인생.

오

마침
11시 11분이고

1이
가득~

도착한
메시지가
11건이었던
오늘의 인생.

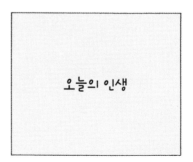

오늘의 인생

4천 엔 이상 사면 오리지널 가방을 받을 수 있는데

오~

이 가방에 선물을 넣어서 주고 싶다.

그게 정말 귀여웠어요.

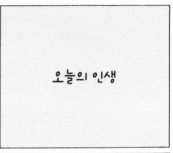

오늘의 인생

그렇다면 ….

그러나 가방은 한 번 살 때 하나씩이라고 정해져 있어서

선물을 사러 갔어요.

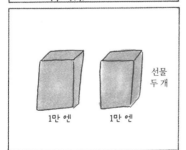

선물 두 개

1만 엔   1만 엔

이거 두 개 사야지.

귀엽다.

오리지널 가방을 두 개 받을 수 있나요?

아, 안 됩니다.

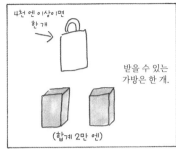

4천 엔 이상이면 한 개 →

받을 수 있는 가방은 한 개.

(합계 2만 엔)

아니, 그래도 내 게 아니라 선물용인데~

나 오리지널 가방 너무 갖고 싶은 사람 같잖아~

라는 건가?

두 번에 나눠서 사면 가방을 두 개 받을 수 있다?

날짜가 다르면 괜찮구나.

그래서 오늘 한 개를 사고 다른 날 한 개를 더 사기로 한 오늘의 인생.

저기

일단 확인했습니다.

지금 한 개를 사고 30분 뒤에 한 개를 더 사러 오면

나도 모르게
눈물이
났어요.

오늘의 인생

사자춤을
추고
있었어요.

앗.

쇼핑하러
가는 중

한참을
보다가

어디선가
필리리리
피리 소리가
들려서

사자가
물어주는
줄이 생겨서

진짜
오랜만에
듣는 소리.

코로나 이후
처음 듣는
축제 소리에

모처럼이니까
줄을 서서
물어달라고
했는데

왕
물었어.

생각보다
아팠던
오늘의 인생.

흔들~

왁!

깜짝이야~

집 안을
어슬렁거리기
시작했는데

오늘의 인생

뭐
하는
거니!

잠깐

어느 날 아침,
작업실에
앉아 있기도
했어요.

두둥실

공중에 뜨는
공룡 풍선을
샀습니다.

즐거워
보이네.

톡톡

지금은
바닥을
기어다니고
있는데

하하하

끈을
잘랐더니
천장에
붙었어요.

톡톡톡

의외로
오랫동안
재미있었
습니다.

흔들~

며칠 지나자
헬륨이
줄어들어
천장에서
내려와

158

모리오카 여행
2022 겨울

갈비 기름
최고야.

모리오카에
가기로
하고서부터
계속 먹고
싶었던
고기.

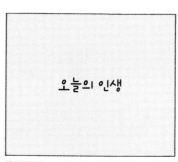

오늘의 인생

이 탄력.

그리고
냉면.

후루룩

눈
이
다.

2022년,
초겨울
모리오카.

먹었더니
따뜻
해졌어.

도착한
날에는
진눈깨비가
내려
얼어붙을
듯한
날씨였지만

금방
도착했어.

2시 지나
도착해서
제일 먼저
간 곳은

다음은

오랜만의
모리오카에
완전 흥분.

지글~

고깃집
'세이로카쿠'
입니다.

산뜻해서 맛있다.

단맛은 적절하고

여기다.

고겐샤 출판사의 카페 '고히칸'

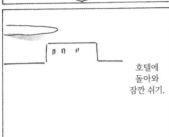

호텔에 돌아와 잠깐 쉬기.

클래식한 카페에서 마시는 커피와

와~

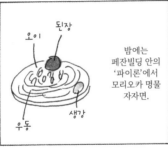

된장

오이

우동

생강

밤에는 폐관빌딩 안의 '파이론'에서 모리오카 명물 자자면.

와인 젤리.

잘 비벼서

얏

진짜 와인이네!!

엇.

조금
부끄럽다,
먹던 접시.

그래, 그래,
이 맛.

후룩

돌아온 것은
'지이탄탄'
이라는
요리예요.

면을
한 입만
남긴 다음

여행지의
서점 좋아~

식사를
마치고
'사와야 서점
폐잔점'에서

날달걀을
풀어
잘 섞고

이것도
재미있겠다.

이것저것
샀던
오늘의 인생.

부탁
합니다.

그걸
점원에게 주면
수프를 담아
주는데요,

그 길로
(택시를 타고)
'후쿠다 빵'에.

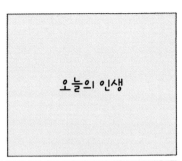

오늘의 인생

고민
된다~

그 유명한
핫도그 빵에
원하는
재료를 골라
넣을 수 있는
빵집입니다.

모리오카
여행,
아침 6시에
일어나
모리오카
미코다
아침
시장에.

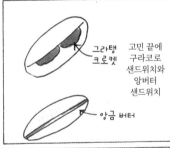

그라탱
크로켓

앙금 버터

고민 끝에
구라코로
샌드위치와
앙버터
샌드위치

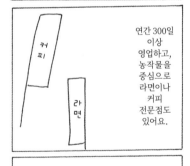

커
피

라
면

연간 300일
이상
영업하고,
농작물을
중심으로
라면이나
커피
전문점도
있어요.

맛있어
맛있어
맛있어

호텔 방에서
먹었습니다.

겨울의
평일이어서
거리는
한산했는데
뜨끈뜨끈한
국물 요리
'힛쓰미시루'를
먹고

모리오카
최고잖아.

잠시
뒹굴뒹굴한
뒤

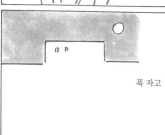

푹 자고

따끈
따끈

큰길에 있는
'티롤'에서
커피와
치즈 케이크.

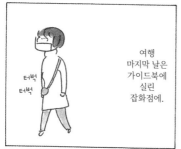

터벅
터벅

여행
마지막 날은
가이드북에
실린
잡화점에.

설탕 단지가
백조 모양
이었어요.

강변의
귀여운
잡화점에는
도호쿠 출신
작가의
작품이
많았는데

후후
후후

밤에는
중국집
'파이칼'에서
만두와
볶음밥.

아 맞다!

아무것도
안 들었
는데
맛있
겠어.

최근에
오븐레인지를
샀으니까
내열 접시를
하나 구입.

고기로
끝나는
모리오카
여행.

고기로
시작해

그리고
'고기
요나이'에서
고기로
점심.

지글~

몸무게는
잠시 잊었던
오늘의 인생.

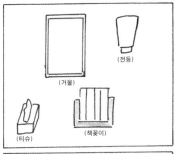

(거울) (전등)

(티슈) (책꽂이)

오늘의 인생

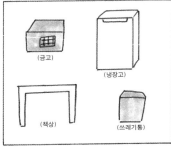

(금고) (냉장고)

(책상) (쓰레기통)

완전히

여행지
비즈니스호텔
방의
벽을 보고
대단히
감동했어요.

전부
벽에.

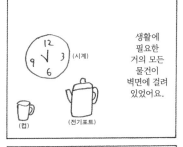

(시계)

(컵) (전기포트)

생활에
필요한
거의 모든
물건이
벽면에 걸려
있었어요.

라고
생각한
오늘의 인생.

대단한
벽이다.

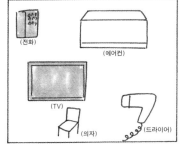

(전화) (에어컨)

(TV)

(의자) (드라이어)

오늘의 인생 2023

곰곰 생각해보니 특별한 문제는 없었어요.

오늘의 인생

그렇지.

아~

아침에 일어나

전날, 영화관에서 본 『이니셰린의 밴시』가

뭔가 고민이 있던 것 같아서

....

아직 무겁게 가슴 안에 남았기 때문이었어요.

굉장히 우울한 기분이었는데

171

어느 날,
일방적으로
절교를
당해요.

가상의
섬마을
이니셰린.

너는 좋은
녀석이지만
네가 하는
이야기는
지루해,

섬의
오락거리라곤
해변의
술집 정도.

남은 인생을
네 지루한
이야기와
보내는 건
이제 싫어,

늘 똑같은
멤버,
늘 똑같은
매일.

라는
이유였는데

술친구인
두 남자.

172

분명
누구에게나
있고

지루하다는
말을 들은
남자가
궁지에 몰려

시간이
흐르면
'어쩔 수
없다'고
생각하게
돼요.

무서웠어.

점점
지루하지
않아지는
이야기.

그러나
그 괴로움은
몸 어딘가에
남아 있어서

사람은
수없이 이별을
경험하며
살아가요.

이런
영화를 보면
지끈거리며
반응합니다.

어쩌다 보니
사이가
틀어진
친구는

173

오늘의 인생

앞에서
걸어가는
남자
고등학생의
대화.

나는
죽어도
가는 면.

나는
굵은 면.

아주아주
가는 면일까.

나는~

오

입에 한 장 넣자

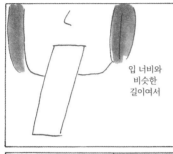

입 너비와 비슷한 길이여서

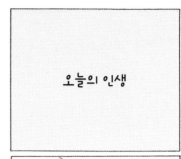

편의점에 에스토니아.

편의점에 발트 삼국 에스토니아의 과자가 있었어요.

내 입에서 영수증이 나오는 것 같아.

붓 통 만한 크기이고

하하하

라고 생각한 오늘의 인생.

안에는 얇은 감자칩 같은 것이 들었는데

엄청나게
짧아졌어요.

오늘의 인생

너무
사치스러워!!

진짜냐.

비싸다.
그래도
먹고 싶어.

마트에서
화이트
아스파라거스를
샀어요.

맛있어.

그래도
먹었더니
전부
부드러워서

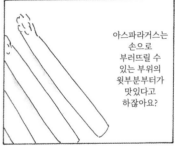

아스파라거스는
손으로
부러뜨릴 수
있는 부위의
윗부분부터가
맛있다고
하잖아요?

맛있어.
행복해.
사치는 뭐 괜찮지.

머릿속이
행복한
무언가로
충만해진
오늘의 인생.

뭉게   뭉게

그래서
해봤더니

176

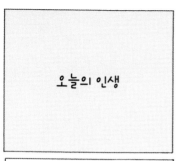

오늘의 인생

그건
아마도

....

손으로
들 수 있는
양이 아니라고
생각한
오늘의 인생.

행복해~

봄에
이 향기를
맡으면
기뻐서

오늘의 인생

그러고 보니
이름이 뭐였지?

아.

나
왔
다.

조사했더니

이 꽃향기
….

'학재스민'이라는
꽃이었어요.

산책하다가
좋아하는
향기를
맡았어요.

스읍~

감미롭고
우아하고
매혹적인
향기.

어디 있나?

보이지
않아도

오늘의 인생

이 세상에
꽃이 핀다는
것을
전해주는.

왠지
즐거워.

장바구니에서
감자칩을
고스란히
드러내고
돌아온
오늘의 인생.

잔뜩
맡아
야지.

조금씩
마스크를 벗는
생활로
돌아가고 있는
2023년
봄이었어요.

윙~

빨아
들인다~

깔끔!!

오늘의 인생

최근
사고 좋았던
물건 ②

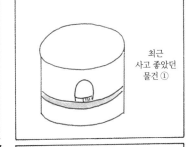

최근
사고 좋았던
물건 ①

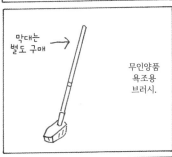

막대는
별도 구매 →

무인양품
욕조용
브러시.

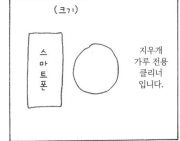

(크기)

스
마
트
폰

지우개
가루 전용
클리너
입니다.

지금까지
스펀지로
닦았는데

지우개
가루로
잔뜩
뒤덮인
책상 위가

'살아간다'라는 부분을 울리는지도

기분 좋다!!

쓱싹 쓱싹

최근 사고 좋았던 물건 ③

힘차게 뭔가를 닦을 때의 상쾌함은

딱 맞아.

우와

뉴발란스 프레시 폼 아리쉬 V4 GTX.

사람 마음의 어느 부분을 자극할까.

마음껏 걸을 수 있어.

가벼워.

내 발에 딱 맞는 운동화는 보물이에요.

닦는다 → 청결 → 몸에 좋다 →

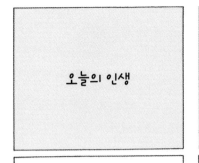

오늘의 인생

오늘의 인생

고양이 카페
창가에서
사색에 잠긴
고양이를 본
오늘의 인생.

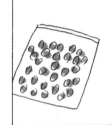

최근 붐이
일고 있는,
블루베리를
얼려서

오늘의 인생

탄산수에
잔뜩 넣고

페라리
싫어.
도요타로
해.

앞서 걷는
부모와
아이의 대화.

차갑고
담백해.

먹기!

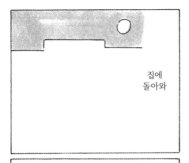

집에
돌아와

오히려
이불 덮고
누운 뒤에

아까 본 영화,
왠지 되게
좋았지.

오늘의 인생

라고 서서히
여운이
밀려오는
영화가 있지
않나요??

으음~

영화관에서
영화를 보고
돌아오는 길.

왜지

저러고 싶은
기분을
알 것 같아~

오늘의 인생

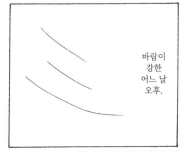

바람이
강한
어느 날
오후.

사람은
바람에
맞서며
서 있을 때,

강변을
따라
길을
걷는데

단 한 번뿐인
인생에
맞선 자신을

바람에
맞서며
서 있는
사람을
봤어요.

생각하게
되는 것
아닐까요,

휘우웅~

같은
생각을 한
오늘의 인생.

산책
중인
개를

차
조수석에
탄 개가

'본 것'을
본

어떤
기분이니?

오늘의
인생.

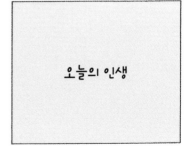

오늘의 인생

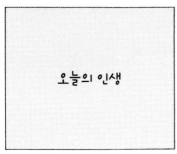

오늘의 인생

무슨 일이
있어도

가자.

집에
가기 싫은
강아지를 본
오늘의 인생.

달그락

달그락

물통의
얼음이
달그락거리는
소리가
들려서

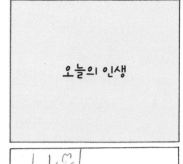

오늘의 인생

라고 생각한
오늘의 인생.

최고의
효과음이야!!

도쿄도
현대미술관
호크니
전시회에서

이거
좋다~

수영장
그림을 보고
있었는데

응?

옆 사람의
가방에서

보러 간
계기는
지난
「오늘의 인생」
에서

오늘의 인생

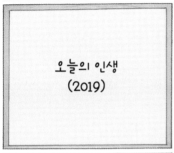

오늘의 인생
(2019)

그 후로
벌써
4년!!

럭비 월드컵이
시작했습니다.

일본에서 열리는
럭비 월드컵
티켓 판매 중?

조간신문을
읽는데

'그 후'란
2019년
일본에서
개최한
럭비 월드컵을

내가 살아있는
동안에는
또 없을지도?

세월의
흐름이란
빠르구나.

시즈오카
경기장까지
보러 갔을
때를 말합니다.

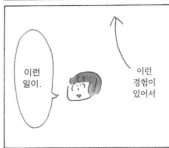

좋아

돌아온
뒤에

"모처럼이니까
내가 아닌 나로
보러 가야지."

달칵

달칵   달칵

그걸
아주 아주
짧은
소설로
썼습니다.

라고
그때
생각했어요.

신비한
경험이었지.

나의
체험이지만
가상의
인물이 한
체험.

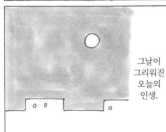

그날이
그리워진
오늘의
인생.

나는 내가
아닌
사람으로
럭비를
보러 갔습니다.

짧은 소설: 만일을 위해서

만약 아웃렛에 가더라도 나는 새 신발을 사지 않을 것이다.

이런 연습 문제를 보고 있자니 허무해져서 창밖으로 시선을 돌렸다. 개업 축하 화환이 놓여 있었다. 길 건너편에 만둣집이 생겼다. 화려한 등이 줄지어 달렸고, 현수막에는 수제만두 한 접시에 350엔이라고 적혀 있었다. 아무리 생각해도 예전에 있던 가게가 떠오르지 않았다.

날이 저물어 간다. 태풍이 지나가고 저녁놀이 2층 카페의 카운터 자리로 흘러 들어와 영어 교재를 붉게 물들였다.

영어 학원에서 내준 연습문제를 영작해야 한다. 만약 ○○하더라도 나는 ○하지 않겠죠,라는 문장이다. 비슷한 문제가 더 있다.

만약 그가 레스토랑에 가자고 하더라도 나는 가지 않을 것이다.

만약 휴가가 생기더라도 나는 하와이에 가지 않을 것이다.

가면 좋을 텐데 싶었다. 레스토랑만이라도. 가능하면 아웃렛에서 산 새 신발을 신고서.

목이 아프다. 동료 네일리스트들도 정도는 달라도 목 때문에 힘들어한다. 하루 종일 테이블에 수그리고 앉아 있어야 하니 허리도 아프다. 이 일을 언제까지 할 수 있을까. 노안이 와서 작업하기 어려워졌다고 그만둔 선배도 있다.

걱정되는 건 아픈 몸뿐만이 아니다. 네일 업계에 3D프린터라는 새로운 위협이 도래했다. 이제는 손톱을 기계에 넣기만 하면 네일 아트가 완성되는 세상이다.

사귀는 사람 없이 혼자 사는 1인 가구. 목과 허리에 일촉즉발의 불안을 안고 새로운 위협에 맞서야 하는 나.

앞날이 캄캄하다.

그래도 지금은 멀리서 찾아오는 단골도 있다. 이 일이 적성에 잘 맞는 것 같다. 어려서부터 그림 그리기나 만들기를 좋아했고, 손끝이 야무지다고 칭찬도 자주 받았다. 고등학생 때는 벼룩시장에서 내가 만든 파우치를 두고 경쟁이 벌어지기도 했고, 원하는 친구들에게 의기양양한 기분으로 만들어주기도 했다.

영어 학원은 카페 옆 빌딩에 있다. 일찍 가면 다른 수강생들과 잡담을 나눠야 하는 게 귀찮아서 매번 시간이 다 될 때까지 카페에서 버틴다.

숙제를 마무리하고 트레이를 들고 일어났을 때, 회사원 두 명이 만둣집 노렌(*가게 입구에 발처럼 걸어두는 천)을 젖히고 안으로 들어가는 것을 보았다.

영어 회화 강사는 토마스라는 젊은 호주인이다. 코카콜라보다 펩시가 좋다는 그는 일본인 아내가 있고, 이번 여름에 장모님이 만들어 준 유카타를 입고 불꽃놀이를 보러 갔다고 한다. 물론 내가 정확하게 알아들었다면 말이다. 강의실에서는 엄격하진 않아도 일본어는 사용 금지였다.

여름부터 다니기 시작한 초급반에는 나를 포함해 수강생이 여섯 명인데, 서로를 성으로 부르는 것이 규칙이다.

강의는 일주일에 한 번, 늘 그랬듯이 원탁에 둘러앉아 주말에 무엇을 했는지 순서대로 말하면서 시작했다.

오늘 저녁에는 드물게도 요시코가 오지 않았다. 50세로 추정되며 남편의

세무사 사무소에서 일하는 요시코의 취미는 럭비 경기 관람으로, 주말에 경기가 없으면 녹화한 경기를 본다고 한다. 따라서 그녀의 화제는 늘 럭비다. 어느 나라 감독의 새로운 전술에는 창조성이 있다거나 이름이 아무개인 신인 선수는 자칼을 잘한다거나. 다른 수강생들이 일상 회화에서 응용하기는 어려운데, 전직 럭비 선수인 토머스 선생이 말을 받으며 자꾸만 부추긴다.

오늘 밤 수업에는 요시코가 결석해서 여유가 생겼다. 언제나 얌전한 청년 노부유키가 주말에 본 영화 이야기를 평소보다 오래 해서 신선했다.

나는 본가에 다녀온 이야기를 했다. 할아버지의 7주기 제사 때문이었는데 '7주기 제사'라는 표현 대신 그냥 고향에 다녀왔다고만 했다. 집에서 초밥을 먹고 학창 시절 친구와 만나서 아주 즐거운 주말을 보냈습니다. 대체로 이런 내용이었다. 토머스 선생님이 스기나미의 내 집에서 본가까지 얼마나 걸리는지 물었다. 예상했던 질문이라 가나가와의 후지사와시까지 전철로 약 한 시간 걸린다고 대답할 수 있었다.

사실 고향에서 미리 주문했던 도시락 10인분이 도착하지 않아 초밥집 아들인 동급생에게 급하게 만들어달라고 부탁하느라 한바탕 소동이 벌어졌다. 그날 밤, 어느덧 초밥집 주인장이 된 오타 군과 꼬치구이 가게에서 술을 마신 것은 예상 밖의 일이었다.

동급생이란 어쩜 이렇게 좋을까.

"나한테 네일리스트 친구는 아마 마도카 짱뿐일 거야."

"나도 초밥집 주인인 친구는 오타 군뿐이야."

30대 중반이 되어 서로를 오타 군이나 마도카 짱이라고 부를 때의 멋쩍음은 아마도 그 시절에 느꼈던 것과 비슷하리라.

중학교 3학년 여름방학, 우리는 몇 번쯤 데이트를 했다. 동물원에 가고 맥도날드에서 셰이크를 마셨다. 손잡은 모습을 같은 반 아이가 목격한 뒤로는 괜히 어색해져서 점차 만나지 않았다. 성년식에서 다시 만나 대화를 나누지 않았다면 이번에 전화하기도 어려웠을 것이다.

제사를 지내느라 지운 매니큐어. 맨 손톱으로 지내는 것은 오랜만이었다.

"오타 군, 초밥집 카운터 자리에서 먹는 매너 알려줘."

오타 군은 자기 취향이라도 괜찮다면,이라면서 알려줬다. 먹고 싶은 대로 먹으면 된다고 코웃음 치지 않았다.

"젊은 사람이라면 먼저 예산을 알려주면 좋겠어. 3천 엔이면 3천 엔이라고 하면 돼. 제철 생선도 포함해서 잘 내줄 수 있으니까. 겁먹은 채로 초밥을 먹으면 맛없잖아."

"그건 그러네."

"내 취향으로는 중간에 사발 요리를 하나 시키는 게 좋아. 기분 전환도 할 겸."

"오, 된장국 같은 거 마지막에 먹지 않아도 되는구나."

추가 주문한 하이볼 두 잔과 대파닭꼬치 다섯 개가 나왔다. 의미도 없이 또 건배했다.

"나는 우리 아버지랑 좀 안 맞았는데."

오타 군이 벽에 붙은 메뉴를 바라보며 말했다.

"가게에서 일하면서 아버지와 닮은 점 하나를 찾았어."

"응? 뭔데?"

"초밥집에 온 손님은 역시 초밥을 먹으면 좋겠어. 술 마시고 안주만 먹는 것 보다."

또 무슨 이야기를 했더라. 오타 군은 대학을 졸업하고 인쇄소에 취직했는데 3년쯤 지나 본가로 돌아왔다고 한다. 내가 묻지 않으면 그 녀석은 좀처럼 자신의 이야기를 꺼내지 않았다.

만약 그날 밤, 오타 군이 유혹하더라도 나는 따라가지 않았을 것이다.

이렇게 단호하게 말할 수 있을까.

그에게는 아내와 아이가 있다. 딸의 나이는 묻지 않았다.

"도쿄에 가게 되면 연락할게."

헤어질 때 오타 군이 말했다. "이 동네에 돌아오면 연락해"와 같은 의미는 아닌 것 같았다. 짧게 가지런히 자른 그의 손톱이 머릿속에서 떠나지 않았다.

청소를 하고 인터넷 예약 확인을 마치고, 영업 중이라는 간판을 밖에 세워두었다. 우산을 쓴 사람이 드문드문 지나갔다.

비가 내리든 맑든 하늘이 보이는 것이 좋다.

지금 일하는 가게로 옮기기 전에는 패션빌딩 안의 창문 없는 공간에서 근무했다. 사람 손만 보는 일이다. 창문이 있든 없든 상관없다고 생각했는데, 있으면 의외로 자주 창밖을 바라본다.

오전에 도다 씨 예약이 잡혀 있었다. 그녀의 간사이 사투리는 깡통을 두드리며 걷는 것처럼 부산스럽다. 이런 사람은 영어로도 딱딱거리며 말할까.

비가 쏟아지기 시작했다. 우산꽂이를 내놓은 참에 "좋은 아침!" 하고 도다 씨가 들어왔다.

가방을 받고 세 자리 중 창가 자리로 안내했다.

"오늘은, 그러니까, 좀 얌전한 색으로 하고 싶어서."

자리에 앉기도 전에 벌써 말을 시작했다.

"무슨 일 있으세요?"

테이블을 사이에 두고 앉아 대화가 자연스럽게 이어지도록 신경 쓰며 순서대로 일을 진행했다.

"그러니까, 그러니까 오빠 결혼식."

"어머, 축하드려요."

"오빠가 벌써 마흔이에요. 그래서 부모님이 기모노를 입으라고, 입으라고 하도 그래서. 기모노 입으면 손톱을 차분하게 해야 하잖아요?"

같은 말을 반복하는 것이 그녀의 습관인 줄 알았는데 간사이 사람의 특징이라는 것을 영어 학원에 다니면서 알았다.

오사카 출신 요시코는 토마스 선생님의 질문에 매번 "예스, 예스" 하고 대답하고 사과할 때는 "소리, 소리"라고 한다. 평소에는 표준어를 쓰는 요시코인데, 영어로 고향을 설명하는 걸 듣고 알아챘다. 한 번만 대답하면 따분하다는 나니와 (*간사이의 오사카시와 그 부근의 옛 이름) 서비스 정신이라고 생각하니 도다 씨의 말투도 거슬리지 않아졌다.

먼저 알코올에 적신 솜으로 도다 씨의 손등부터 손끝, 뒤집어서 손바닥부터 손끝까지 닦는다. 평소보다 손이 찬데 빗속을 걸어왔기 때문이리라.

손톱 상태를 확인한다. 오랜만의 방문이어서 젤 아래로 자라난 손톱이 눈에 띄었다.

손톱에 붙인 탑 젤을 버퍼로 벗긴다. 도다 씨처럼 손톱이 얇은 사람은 손톱까지 갈지 않도록 특히 조심한다.

"나도 그런 느낌으로 할래요."

도다 씨가 내 손톱을 보며 말했다. 어제 가게에 새로 들어온 베이지 색을 시험 삼아 발라보았다. 오타 군이 갑자기 만나자고 할 때를 위해 어떤 옷에든 잘 어울리는 색으로 바르고 싶었다. 오랜만에 한 프렌치 네일이다.

"프렌치 네일은 나들이 느낌이 나죠. 차분한 색으로 발라도 수수해 보이지 않을 거예요."

"그렇지, 그걸로 할래."

비가 그치고 창으로 햇살이 비쳤다. 무지개가 떴을지도 모른다. 소풍 다녀오는 길, 산 너머로 커다란 무지개를 본 적이 있다. 너무도 멋있어서 선생님이 잠깐 보고 가자고 했다. 무지개는 일곱 가지 색이 아니라 더 많은 색이 층을 이룬 듯이 보였다. 그런 무지개를 또 만날 수 있을까. 문을 열고 확인하러 나가고 싶었다.

탑 젤을 벗긴 뒤, 아세톤을 적신 솜을 손톱에 올리고, 알루미늄 포일로 손끝을 하나씩 감쌌다. 한참 불린 다음, 남은 젤을 스틱으로 벗기는 것은 꽤 좋아하는 작업이다.

그건 그렇고 화려하다. 엄지부터 번갈아가며 검정과 에메랄드그린으로 칠하고 하나하나 붙였던 큐빅 장식이 빛나는 도다 씨의 손톱. 내가 담당했으니까 기억하는데, 다시 보니 새삼스레 눈이 따끔거렸다.

"오빠분은 간사이에 사세요?"

"맞아, 맞아, 오사카. 나라 쪽에 가까워요."

도다 씨의 오빠는 격식 있는 신사에서 식을 올린다고 한다. 아내가 될 사람은 내과 의사란다.

"좋네요, 친척 중에 의사가 있으면. 아플 때면 여러모로 상담할 수 있고."

"그렇지. 오빠도 이래저래 몸이 약한 편이라."

도다 씨 자신에게도 평생 안고 살아야 하는 지병이 있다는 건 처음 만났을 때 들었다.

화장기 없이 긴 머리를 하나로 묶기만 한 사람. 옷차림은 평범한데 늘 손톱에만 예사롭지 않게 힘을 준다. 단순히 취향이라고 여기기에는 어딘가 복잡한 면이 있어 보였다. 좀 더 섬세한 이유가 있는 것도 같았다. 이 손톱은 그녀에게 부적 같은 역할을 하는 것일지도 모른다. 아니면 적에게 맞서는 갑옷이다. 경리로 일한다고 들었는데 상사가 손톱을 지적하진 않나 보다. 다행인 일이다.

차분한 색으로 한다고 했으면서 "그래도 경사스러운 자리니까"라며 결국 금색과 진홍색을 칠한 호화찬란한 손톱으로 도다 씨는 돌아갔다.

"아, 보름달!"

뒤에서 아이 소리가 들렸다. 상점가 위에 뜬 달은 정말 동그랬다. 넌지시 돌아보니 결혼식에 다녀온 듯한 일행 중에 나비넥타이를 한 남자아이가 보였다.

아직 오타 군에게서 연락이 없다. "도쿄에 가게 되면 연락할게"라는 말을 들은 뒤로 2주가 지나려 한다. 그날 밤의 분위기로 미루어 그럴싸한 이유를 만들어 금방이라도 도쿄에 올 줄 알았는데.

초밥집 주인장은 밖에서 뭘 먹지?

내가 가게를 골라야 할 때를 대비해 다베로그(*일본의 맛집 정보 사이트)에서 몇 군데를 꼽아뒀다. 여성 셰프가 운영하는 소규모 일식집, 카운터 자리에서 먹는 고깃집, 가구라자카에 있는 레스토랑.

둘이서 맛있는 것을 먹은 다음, 오타 군이 우리 집에 가도 괜찮은지 물어볼지도 모른다. 거절할 생각이지만 만일을 위해서 나는 나오기 전에 집을 정리할 것이다.

만일을 위해서.

just in case.

지난주 영어 회화 수업에서 배운 숙어다. 토마스 선생님이 자주 쓰는 말이니 까 기억해두라고 했다.

"만약 그와 만나게 되면 나는 만일을 위해서 페디큐어를 새로 바르겠죠."

중얼중얼 영작하며 걷다가 약속 장소인 패밀리 레스토랑을 지나쳤다. 다시 돌아가는데, 조금 전에 마주친 남자아이가 츄파춥스로 만든 꽃다발을 들고 있는 것이 보였다.

패밀리 레스토랑은 편의점 건물 2층에 있었다. 식당 안을 둘러보았다. 빈 자리가 꽤 있었는데, 네즈 씨는 좁은 2인석으로 안내를 받았나 보다.

"오래 기다렸죠."

밝게 말을 걸며 맞은편에 앉았다.

"아, 고생하셨어요."

그녀는 꾸벅 인사하더니 고개를 들면서 동시에 메뉴판을 내밀었다. 둘 다 스튜 타입 함박스테이크를 주문했다.

동료 네즈 씨가 할 말이 있다고 했는데, 일에 관한 고민일 것이 분명했다. 후배지만 나보다 세 살 위인 네즈 씨는 겸손해 보이지만 사람을 심하게 가리는 편이라 거북한 손님과는 대화를 최소한으로만 나눈다. 점장이 그 점을 지적한 뒤 로 둘 사이가 틀어졌는데, 그런 이야기부터 꺼낼 수는 없어서 내일 예약 상황이나 신상품들이 생각보다 좋다는 이야기를 나누며 한동안 어물거렸다. 요리가 나오자 네즈 씨가 말했다. "사실은 그만두려고요." 결혼한다는 것이다.

"어머, 그래요?"

놀라서 목소리가 뒤집혔다. 부모님이 주선한 맞선으로 결혼이 정해져서 고향 아오모리로 돌아간다고 한다. 잘 됐다고, 축하한다고 말하면서 조금 불안해졌다. 나처럼 독신이었던 네즈 씨 덕분에 기댈 곳 없는 쓸쓸함을 달랠 수 있었기에.

"고향에서도 찾아보려고요. 이 일, 좋아하니까."

그 말을 듣고 또 놀랐다. 지금 가게에서 2년 가까이 같이 지냈지만 일을 좋아하는 것처럼 보이지 않았다.

이사 준비 때문에 결혼식 직전까지 도쿄에서 지낸다고 해서

"축하 선물로 내가 결혼식 네일을 해줄게요."

라고 말했더니, 네즈 씨는 지금까지 본 적 없는 환한 미소를 지었다.

누군가 매니큐어를 발라주는 것은 손을 잡혀 걷는 것과 비슷하다. 이끄는 대로 따라가면 된다.

네일리스트가 되기 전에는 사무직이었다. 간신히 어느 정도 일이 손에 익은 무렵, 한 선배의 주도로 사람들이 나를 무시하기 시작했다. 근무 전과 근무 후, 잠깐 동안에만 일어나는 일이었기에 탈의실을 이용하지 않는 남성 사원은 아무도 알아차리지 못했다. 짚이는 일은 하나뿐이었다. 딱 한 번 라인 메시지에 답장을 늦게 보냈다. 어쩌면 상상도 못 할 다른 이유였을지도 모른다. 퇴근길에 지칠 대로 지친 채 들어간 네일숍. 긴장한 마음이 풀리는 것 같았다.

저녁때의 카페는 여느 때처럼 붐볐다. 갓 내린 커피 향에 이끌려 머그잔을 든 여자 고등학생 옆에 앉았다.

영어 회화 수업까지 앞으로 15분. 전 직장을 떠올리며 낭비할 시간이 있다면 복습을 하는 편이 좋다는 것은 안다.

쓸 일도 없는데 배우기 시작한 영어 회화다. 공부가 되는 건지 마는 건지 모르겠다. 고향에 갔을 때, "회사 다닐 때도 하다가 그만뒀잖니"라며 엄마가 어이없어했다.

그럼에도, 그럼에도 말이다. 사람이 공부를 시작했을 때의 마음을 보글보글 조린다고 해보자. 마지막의 마지막에 냄비 바닥에 남는 것은 '인생을 더 잘 살고 싶어'라는 마음 한 숟갈 아닐까.

여고생은 커피에 입도 대지 않고 포스트잇 잔뜩 붙인 참고서를 파고들기 시작했다. 지도가 보였다. 세계사 같았다.

"영어 회화라. 나도 해야 하는데."

그날 밤, 오타 군이 말했다. 초밥집에 외국인 손님이 많아졌다고 한다.

"어? 이 동네에?"

"민박집이 몇 군데 있거든."

"오, 우리 집도 부모님 돌아가시면 민박을 시작할까."

웃으며 말한 다음, 오타 군의 부모님이 작년에 연이어 돌아가신 것이 생각났다. 오타 군은 별로 신경 쓰지 않는지 나에게 물었다.

"마도카 짱 가게에도 외국인 손님이 많아?"

"음, 많진 않아. 가끔 오는 정도. 오더라도 네일 샘플 책자를 보여주면 되니까. 영어를 할 줄 알면 멋있으니까 할 뿐이야."

"하는 것만으로 훌륭하다."

"전혀. 숙제는 거의 다 구글 번역으로."

같이 웃다가 눈이 마주쳤고, 그 순간 내 얼굴이 귀여웠을지 신경이 쓰여서 집에 오자마자 세면대 거울로 확인했다.

"갑시다! 반드시 다 같이 갑시다!"

일본어 금지인 교실에서 토마스 선생님이 부르짖다시피 큰 소리로 말했다. 한 달 뒤에 시작하는 럭비 월드컵 티켓이 남았으니 다 같이 가면 어떻겠냐고 요시코가 제안했기 때문이다.

"여행사에 호텔비를 이미 내서 교통비만 준비하면 돼요. 남편도 그러라고 했으니까."

같이 가기로 했던 요시코의 남편과 쌍둥이 아들에게 급한 일이 생겼다고 한다. 시즈오카에서 열리는 야간 경기여서 하룻밤 묵어야 한다.

"괜찮네요! 자고 와요!"

토마스 선생님이 책장 위로 몸을 불쑥 내밀었다. 모국인 호주전인데다 전직 럭비 선수인 그에게는 꿈만 같은 이야기인가 보다. 아내에게도 가자고 하고 싶지만, 산달을 맞아 고향에 갔다며 아쉬워했다.

남은 티켓은 세 장. 수강생 중 치카코와 아키는 아이가 있으니까 자고 오는 건 안 된다고 했고, 택시 운전을 하는 다카시는 "일본전이라면 가고 싶지만요" 라며 거절했다. 남은 사람은 나와 노부유키였는데 의외로 노부유키가 "가도 괜찮긴 해요"라고 말했다.

"마도카도 같이 가요!"

"그래요, 럭비 월드컵이 일본에서 열리다니 아마 우리가 살아있는 동안에 다신 없을걸."

토마스 선생님과 요시코가 다그치듯 말해서

"내일 출근 일정 확인하고 대답해도 될까요?"

하고 일단 받아들인 것은 내가 생각해도 의외였다.

이 멤버로 하룻밤 여행이라니, 말도 안 된다. 게다가 럭비에는 관심도 없다.

마음이 흔들린 것은 오타 군 때문이다. 만약 도쿄에서 둘이 만나게 되면 럭비를 보러 다녀왔다고 말할 수 있다. 스포츠 관람을 좋아하는 오타 군이라면 재미있어하지 않을까. 토마스 선생님이 함께 가니까 다 같이 호주 유니폼을 입고 응원하는 것도 괜찮을지도. 그 사진을 오타 군에게 보여주고 싶었다.

참가하겠다고 대답하자 요시코가 매일 같이 럭비 정보를 보내줬고, 나도 관람 가이드북을 한 권 샀다.

관람 가이드북에는 당연히 선수 사진이 실려 있었다. 일본 팀에는 TV 광고로 알게 된 몇몇 얼굴들이 보였다. 호주 팀에는 토마스 선생님과 닮은 선수가 있었다. 웃는 입매나 커다란 턱선이 왠지 모르게. 191센티미터, 109킬로그램. 아주 커다란 토마스 선생님이었다. 호주의 대전 팀인 조지아 선수들은 대부분 웃지 않았다. 강해 보였다. 전력 분석 같은 해설까지는 읽을 마음이 들지 않았는데, 그래도 집 안에 럭비 관련 서적이 있는 풍경은 신선했다.

*

시나가와역에 나타난 토마스 선생님과 요시코는 이미 호주 팀의 노란 유니폼을 입고 있었다. 노부유키까지 유니폼 차림인 것을 보고 역시 살 걸 그랬다고 후회했다. 한 번 보고 말 텐데 돈 쓰기 아까워서 갖고 있는 크림색 니트를 입고 나왔다.

도카이도 신칸센 플랫폼에서 호주 응원단과 대화하는 토마스 선생님의 영어는 도무지 알아들을 수 없었다. 교실에서 얼마나 천천히 말했는지 뼈저리게 이해했다.

차량은 거의 만석이었고, 조지아 팀의 팥색 유니폼도 드문드문 보였다.

"드디어 오늘 밤이네요."

4인석 좌석을 돌려 마주보고 앉은 토마스 선생님이 펩시를 마시며 흥분했다.

"토마스 선생님이 술을 못 마신다니 의외예요."

토마스 선생님 옆에 앉은 요시코가 손에 쥔 맥주캔을 흔들며 하는 말에
다 같이 웃었다.

저녁에 요시코의 집에는 고등학생 아들들의 호스트 패밀리가 묵으러 온다는
데, 그 때문에 대청소를 하느라 근육통이 왔다고 한다.

"캐나다였나요? 아드님들이 홈스테이 했다는 곳이요."

전에 수업 중에 들었던 것을 떠올리며 물었다.

"맞아, 맞아, 밴쿠버. 초등학생 때부터 매년 여름방학에만 돌봐주는데, 나도
젊어서부터 영어를 열심히 했으면 좋았겠다 싶어요."

"맞아요, 저도 그래요."

노부유키가 말했다. 유니폼 소매 사이로 가늘고 긴 팔뚝이 뻗어 나왔다.
몸통도 다리도 가늘어서 소금쟁이 같은 사람이었다.

"노부유키, 아직 서른이잖아. 한참 젊으면서."

요시코가 노부유키의 허벅지 부근을 찰싹 쳤다. 이런 태도가 중년 같다고
생각했다. 그러고 보니 노부유키가 영어 수업을 듣는 이유를 말한 적 없다는 것을
깨달았다.

창밖으로 두툼한 구름이 흘러갔다. 태풍이 다가오는 중인데 내일 오후에
상륙한다고 한다. 날씨 탓에 후지산 기슭만 보여서 카메라를 들고 대기하던
토마스 선생님이 실망했다.

가케가와역에 도착해 일단 호텔 프런트에 짐을 맡기고, 일반 열차를 타고
한 정거장 거리인 아이노역으로 갔다. 노란 유니폼이 보일 때마다 토마스 선생님의
표정을 살폈다. 정말 기뻐 보였다.

역에서 경기장으로 이어지는 길에 푸드트럭이 있었다. 토마스 선생님이 줄을
서서 꼬치구이를 사더니 아내에게 보여주고 싶다면서 노부유키에게 사진을 찍어
달라고 했다.

경기장 입구에서 요시코에게 티켓을 받았다. 가격이 2만 엔이어서 깜짝 놀랐다.

"티켓이 이렇게 비싼데 괜찮으세요?"

"괜찮아요, 괜찮아. 다 같이 보면 나도 기쁘니까."

요시코가 말했다. 돌아가면 답례로 과자라도 살 생각이었는데 백화점에서
좋은 것을 사야겠다고 생각했다.

관중석으로 갔다. 잔디 코트가 하얀빛을 받아 공중으로 떠오른 것처럼 보였다. 너무 넓어서 원근감이 느껴지지 않았다.

좌석은 생각보다 뒤쪽이었다. 2만 엔에 여기라면 저쪽은 얼마일까 궁금해 하며 경기장 앞쪽을 바라보았다. 우리 뒷좌석에는 젊은 호주인 부부가 앉았다. 이날을 위해 일본에 왔단다. 흔치 않은 기회이니 토마스 선생님이 그들과 영어로 대화해보라고 재촉해서,

"아, 저는 적당히 먹을 걸 사 올게요."

"저도 다녀오겠습니다."

나와 노부유키는 도망치듯이 통로로 나왔다.

"부끄럽죠, 토마스 선생님 앞에선 왠지."

"그러니까요."

우리는 매점 줄 맨 뒤에 섰다.

"경기 기대돼요. 한 달 전에는 럭비 때문에 이렇게 흥분할 거라곤 생각도 못 했는데. 솔직히 규칙은 아직 잘 모르지만요."

"저는 고등학교 체육 시간에 럭비 수업을 들었거든요."

노부유키와 럭비가 도무지 연결되지 않았다. 그런 표정이 얼굴에 드러났는지 "상상이 잘 안 되죠" 하고 그가 웃었다.

"고향이 기후하시마여서요."

"기후하시마?"

"신칸센 고다마를 타면 나고야 다음 역이요. 한동안 집에 가지 않았고 사흘 연휴니까 마침 잘됐다 싶어서 참가했어요."

"그럼 내일은 고향에 가세요?"

"네."

밖에는 안개 같은 비가 내리기 시작했다.

"저 만일을 위해서 100엔 숍에서 우비를 샀는데, 관중석에 지붕이 있었죠."

"just in case네요."

"맞아요. just in case."

매점 줄이 생각보다 쑥쑥 빠져서 "노부유키는 왜 영어를 배우기 시작했어요?"라고 질문할 시간은 없을 것 같았다. 닭튀김, 야키소바, 핫도그 등을 각자의 돈으로 사서 자리로 돌아오자 장내에 북소리가 울려 퍼졌다.

선수들이 입장을 마치자 국가 제창이 이어졌다. 요시코가 호주 국가를 끝까

지 불렀고 토마스 선생님은 눈물을 글썽였다. 경기는 호주 팀의 승리로 끝났다.

밤새 대형 태풍이 일본에 상륙했다. 요시코는 하행 신칸센이 운행을 시작하는 이른 아침에 서둘러 떠났다. 오늘 밤에는 오사카 친정에서 묵는다고 한다.

　나는 가케가와에서 하룻밤 더 묵을 수밖에 없었다. 호텔 프런트에 상담하자 요시코와 함께 지낸 트윈룸을 싱글 요금으로 쓸 수 있게 해주었다. 노부유키가 자기 룸도 그렇게 처리해줬다고 라인 메시지로 알려줘서 나도 부탁해본 것이다. 토마스 선생님도 간사이 친구 집에 묵겠다며 요시코와 함께 출발했다고 한다.

　오후가 되자 빗줄기가 호텔 창문을 세차게 때리기 시작했다. 눈보라가 휘몰아치듯 창밖이 어두워졌다. 뉴스를 보니 태풍이 도카이 지방에서 간토로 향할 예정이라고 했다.

　본가의 엄마에게 전화를 걸었다. 밖에 잔뜩 내놓은 화분을 현관 안에 잘 들여 놨을까.

　"엄마, 그쪽은 괜찮아?"

　"지금 아버지랑 테이프 붙이는 중이야, 베란다 창문에. 밖에 살피러 나가거나 하지 마. 위험하니까!"

　전화가 끊겼다.

　호텔 카페는 영업 중이어서 늦은 점심을 먹으러 내려갔다. 호텔 안이 텅 비었다. 파스타 세트를 주문하고 선반에 있던 신문의 스포츠면을 보는데 노부유키가 왔다.

　노부유키는 회색 후드티에 어제와 같은 치노 바지를 입었다. 잘 잤는지 묻자 토마스 선생님의 코골이가 대단했다며 웃었다.

　"오늘 본가에 가지 않았네요?"

　"늦게 일어나서요."

　둘이서 어젯밤 경기를 되새기며 식사를 마치자 커피가 나왔다. 대걸레를 든 직원이 통로를 걸어가는 모습이 보였다. 태풍 때문에 호텔 내 음식점도 저녁에는 문을 닫는다고 한다.

　"일할 때 영어가 필요해요?"

　수업 시간에 노부유키는 자신이 회사원이라고 소개를 했다.

　"아니요, 필요한 건 아니에요. 저는 화과자 회사의 영업직이에요. 본점은 나고야인데 지금은 도쿄 지사에 있어요."

　"화과자 회사구나. 저 팥 좋아해요. 통팥."

"아, 저도요. 으깬 팥도 맛있는데 알갱이 씹는 맛이 좋아요."

"맞아요, 저도요."

"가끔 우리 장인들이 백화점에서 시연할 때가 있어요. 꽤 많은 외국인이 지켜보곤 해요."

"앙금으로 세공하는 건 신기하죠."

"그럴 때 영어로 설명할 수 있으면 좋을 테니까."

커피잔을 든 노부유키의 긴 손가락은 생각보다 울퉁불퉁했다.

"목적이 있다니 부러워요. 저는 말할 수 있으면 좋겠다 싶어서 할 뿐이에요."

오타 군에게도 비슷한 소리를 했던 것이 생각났다. 그런데 왜일까, 그날 밤이 조금 빛바랜 느낌이었다.

나는 여기 좀 더 있겠다고 하고 카페에 남았다. 노부유키가 출구에서 뒤를 돌아 꾸벅 인사했다.

방에 돌아와 욕조에 물을 받았다. 어제는 잠을 거의 못 자서 몸을 풀고 싶었다.

밤늦게까지 이야기를 나눈 탓이었다. 혼자 지낸 시간이 길어서인지 그런 상황에 익숙하지 않았다.

어젯밤 불을 끄고 침대에 누운 뒤, 요시코와 한참 동안 대화를 나눴다. 쌍둥이 아들 중 하나가 5월 황금연휴 이후로 학교에 가지 않는다고 한다. 이대로 등교 거부를 하면 어쩌나 걱정인데, 방에 틀어박혀 지내는 것은 아니어서 지금은 지켜보는 중이란다.

"이 얘기를 캐나다 호스트 가족에게 했더니 겐고와 만나고 싶다면서 바로 오겠다는 거야."

미미한 불빛이 흐르는 방에 요시코의 목소리가 떠돌았다.

"멋진 관계네요."

"그래?"

"아드님이 착한 아이니까 그렇죠."

"고마워요. 정말 다정한 아이들이야. 특히 형 쪽이. 너무 다정한 게 흠인가."

"동생은 어때요? 형 문제로."

"음. 걱정은 할 테지만 아무 말도 안 해. 집에 오면 여전히 같이 게임을 해. 같이라도 나란히 앉아서 따로따로 하는 거지만. 요즘 아이들은 그것도 같이 노는 건가 봐."

똑같이 생긴 남학생들이 나란히 앉아 게임하는 모습을 상상했다. 쌍둥이가 집에 있으면 어떤 느낌일까? 하고 생각하는데 "우리 아들은 이란성이라 밖에서는 친구 사이처럼 보여요"라고 요시코가 말했다.

"그쪽, 캐나다 호스트의 아들과 딸은 아직 초등학생이거든. 우리 아이들을 잘 따르는 것 같아. 한동안 첫째를 캐나다에 보내도 괜찮지 않나 싶어."

"그렇군요?"

"이런 상황인데 럭비인가 싶지만, 아들들이 보러 다녀와도 된다는 거야. 엄마는 럭비에 미쳤으니까."

요시코가 웃어서 나도 작게 소리 내 웃었다.

"나는 이번 일로 곰곰이 생각했어. 아이들이 살아만 있어 준다면 외국이든 어디든 원하는 곳에서 살면 된다고. 만나러 가면 되니까."

"네, 맞아요."

"그러니까 이 엄마는 영어를 열심히 해야지요."

요시코가 장난스럽게 말했다.

목욕을 마치고 침대에 누웠다.

창문을 때리는 빗소리가 점점 거세졌다. 삿포로에 사는 언니에게서 걱정 어린 메시지가 도착했다. 여행을 왔다는 말은 하지 않고 괜찮다고 답을 보냈다.

올해도 언니와는 만나지 못할 것 같다. 놀러 오라고 하지만 연휴 시즌은 네일숍의 성수기다. 조카딸도 중학생이 된 후로 동아리 활동으로 바쁘다니까 만나러 가도 예전처럼 친근하게 따르지는 않을 것이다.

언젠가, 어느 겨울날 아침, 언니가 갑자기 학교에 가지 않겠다고 한 적이 있다. 다음 날에도, 일주일이 지나도 커튼이 쳐진 이층 침대 아래에 틀어박혀 하루 대부분을 보냈는데, 그 상태가 벚꽃이 필 무렵까지 이어졌다. 엄마가 아침을 가져다 주면 먹을 때도 먹지 않을 때도 있었고, 내가 "피노 먹을래?" "프링글스 새로운 맛 살까?"라고 말을 걸면 가끔 "먹을래"나 "사 와"라고 대답했다. 언니가 틀어박혔던 이유는 모른다. 지금도 여전히 우리 가족에게 그걸 묻는 것은 금기다.

만약 그때, 요시코 네처럼 우리에게도 경제적 여유가 있었다면. 그랬다면 캐나다 호스트 패밀리가 열여섯 언니를 태양 아래로 데리고 나갔을지도 모른다.

어느새 잠이 들었나보다. 눈을 뜨니 밤 9시가 지나고 있었다.

조용했다. 태풍은 지나간 것 같았다.

전기포트의 물을 끓여 호텔 매점에서 산 컵라면에 부었다. 노부유키도 오늘

206

저녁은 라면으로 때울까. '비가 그쳤네요'라고 라인 메시지를 보내려다가 지우고, 다시 한번 입력했지만 결국 보내지 않았다.

아침에 스마트폰 알람보다 먼저 눈을 떴다. 커튼 사이로 햇볕이 비쳤다.

노부유키에게서 메시지가 와 있었다. 태풍의 영향으로 신칸센은 정오 무렵부터 움직이니까 그전에 가케가와 성을 보러 가지 않겠느냐는 제안이었다. 가겠다고 대답하고 서둘러 샤워를 했다. 마스카라와 뷰러를 챙겨와서 다행이었다.

프런트에서 체크아웃을 하는데 노부유키가 왔다. 역의 관광 안내소에서 지도를 받아 왔단다.

"성까지 걸어서 10분도 안 걸리나 봐요."

호텔에 짐을 맡기고 가뿐하게 출발했다. 어젯밤에는 태풍이 휘몰아치더니 오늘은 한여름처럼 더웠다.

축제 소리가 들렸다.

"오늘 가케가와 축제가 열린대요. 아까 역무원이 말해줬어요."

노부유키의 이마에 땀이 맺혔다.

머리를 올려 묶고 축제 의상을 입은 여학생들이 지나갔다. 고등학생일까. 쪽빛 잠방이 차림이 귀여워서 몇 번이나 뒤돌아보았다.

"축제가 있는 동네에서 태어나고 자란 사람들이 부러워요. 제가 자란 동네에는 본오도리(*우리나라의 백중百中에 해당하는 오본 때 추는 춤) 말고는 없었거든요."

"제가 살던 동네도 그랬어요. 그러고 보니 축제 때 입는 핫피도 한 번도 안 입어봤을 거예요."

계단을 오르자 성문이 나왔다. 성 안쪽에서 은은한 나무 향기가 풍겼다. 목조로 천수각을 복원했다는 안내판이 있었다.

우리는 천수각에 올라가 가케가와 거리를 둘러보았다.

멀리 후지산이 보였다.

"요시코 씨가 호주 국가를 외우고 있었죠. 대단하다고 생각했어요."

노부유키가 말했다.

"저도요. 그런 건 생각도 못 했으니까."

경치를 바라보다가 고개를 돌려 노부유키의 옆얼굴을 봤다. 이 사람은 아마도 내가 여기에 혼자 남지 않도록 하룻밤을 묵었을 것이다.

가케가와 성에서 내려와 온 길을 되돌아갔다. 도중에 붕어빵을 사서 그늘진 벤치에 나란히 앉아서 먹었다. 붕어빵은 촉촉하고 달았고, 안에는 통팥이 들었다.

"붕어빵, 언제 먹었는지 기억도 안 날 정도로 오랜만이에요."

"그거 아세요? 붕어빵은 원래 거북이 형태였대요."

"거북이빵이었네요?"

"그러게요."

"역시 화과자 회사원, 잘 아신다. 그래도 거북이라니. 재미있기는 한데 딱딱할 것 같아요. 등껍질 이미지가 아무래도."

축제 음악과 함께 축제 수레가 거리를 지나가는 광경을 한참 동안 구경했다. 올해 가케가와 축제는 소규모로 열렸는데, 3년에 한 번 열리는 가케가와 대축제에서는 길이가 25미터나 되는 커다란 사자가 동네를 돌아다니며 사자춤을 춘다고 한다. 노부유키가 관광 안내소에서 받아 온 팸플릿에 적혀 있었다.

"예전에요, 설날에 동네 쇼핑몰에서 사자춤을 본 적 있어요. 사자가 순서대로 아이들 머리를 물어줬는데, 나는 그게 무서웠나 봐요."

"어린애는 당연히 무서울걸요."

노부유키가 붕어빵 마지막 꼬리를 입에 넣었다.

"저는 전혀 기억이 안 나는데요, 그때 사진이 있어요. 초등학생이던 언니가 나를 감싸듯이 지켜줬어요."

"멋진 사진이네요."

"그런데 언니가 엉엉 울고 있었어요."

나도 꼬리를 야금야금 먹었다.

신칸센이 운행하기 시작했다고 말하는 사람들의 목소리가 들렸다.

"슬슬 갈까요?"

"네."

호텔에 가서 짐을 찾고, 역 매점에서 직장에 가지고 갈 '장어 파이' 한 상자를 샀다. 신칸센 개찰구를 지나자

"그럼 학원에서 봐요."

긴 팔을 흔들며 노부유키가 말했다.

상행 열차와 하행 열차. 우리는 여기서 헤어진다.

"혹시 괜찮으시면."

나는 말했다. 목소리가 너무 작았던 것 같아 이어지는 "다음에 수업 끝나고

밥 먹으러 가실래요?"는 유난히 커졌다.

"아, 좋아요. 뭐 드시고 싶어요?"

노부유키가 말했다. 문득 영어 학원 건너편의 한 접시에 350엔 만둣집이 생각나서 나는 웃었다.

아이스커피
…?
드링크 바를
이용하시
겠어요?

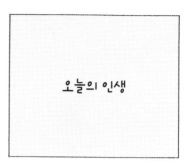

오늘의 인생

네.

그렇지

오랜만에
(코로나 이후)
패밀리
레스토랑에서
허둥거렸어요.

살짝
출출해서

빤히~

요리를
기다리면서
메뉴 살펴보는
것을 좋아
합니다.

이거다,
이거.

패밀리
레스토랑
'로열 호스트'
에서

고등학생
이라면
이거야.

초등학생
이라면 이걸
고르겠지.

아이스커피
주세요.

로열 어니언
그라탱
수프와

위험해.

무모한
추월과
차선 변경.

저기요,

고속도로에서
빠져나왔을
때쯤 슬쩍
말했더니.

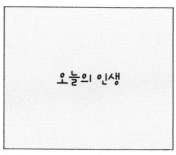

오늘의 인생

급하지
않은데요.

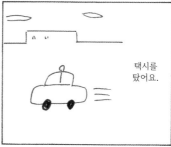

택시를
탔어요.

제가
급합니다.

엄청난
속도였어요.

결국

아, 그러면
이쯤이면 돼요.
내릴게요.

네?

저를 배려
하시는 건가요?
안 그러셔도
되는데.

말이
안 통해.

아무튼
내렸
답니다.

주말엔
쉰단 말이야~

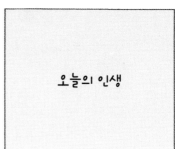

오늘의 인생

인간에게는
느긋하게
쉬는 시간이
필요하고

무리한
일정으로
일하고 싶지
않아요.

그런 것을
가볍게 보면
안 되지
않을까,

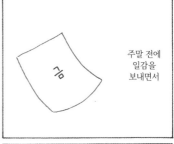

주말 전에
일감을
보내면서

싫거든~
안 해~

라고 생각
합니다.

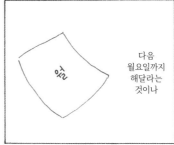

다음
월요일까지
해달라는
것이나

216

라는

생각을
못 하게 되면
슬프겠지.

문득 그런
생각을 한

늦여름
이었습니다.

오늘의 인생

그거 재미있겠는데!

똑같은 상자를 주문해야지.

좋아

나의 아이디어에 두근거렸지만

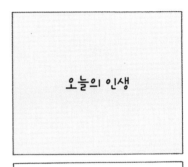

오늘의 인생

문득

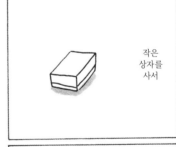

작은 상자를 사서

하는 생각에

몇 개를 주문하면 되지?

매년 하나씩 추억의 물건을 넣어두는 건 어떨까?

이런 사실에
놀라는 것은
나 자신뿐,

← 54세

왜지
싫다.

33개의 상자를
보면서
사는 건

87세.

현재
여성의
평균 수명은

음~

라고
생각했습니다.

나는
앞으로
33년.

그렇다면

150세만큼
사 버릴까?

아예

상자가 33개
뿐이야!!

하하하

그런 그가

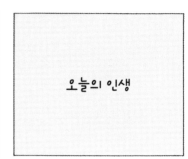

오늘의 인생

하하하

뭐지?

기내 영화를
보며
폭소해서

도하공항에서
탄 비행기.

오~
그렇게
재미있나~

힐끔
살펴보니
『장화 신은
고양이』
였어요.

옆자리에는
독일 대학생.

하하하

보고
싶어~

저도
보려고 했는데
일본어 자막이
없었던
오늘의 인생.

'동물을
잔뜩 봤다'고
말하는 것
같아.

혼자
아프리카를
여행하고
왔다고
해요.

보물이
무엇인가요?

라는 질문을
받으면
뭐라고
대답하지?

멋진 대답은
아니지만
이거지,
역시.

하고
생각하며
걷다가
떠올린 대답은

스
마
트
폰
!!

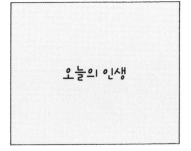

오늘의 인생

222

조금

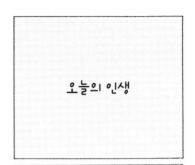

오늘의 인생

울컥
했습니다.

2023년
가을.

코로나
중에는
가게 앞에서
나눠주지
않았던
시음 커피가

'칼디' 앞을
지날 때.

커피
드세요~

부활
했거든요!!

엇

어쩌면
살면서 마셔본
가장 맛있는
커피일지도.

드디어…
여기까지
왔어.

고마워요~

작은
종이컵에
커피를 받아

한 모금
마시자

뭐라
말할 수 없이
맛있었어요.

혼자
여행

나는
아침으로
타이완
주먹밥.

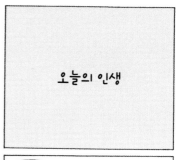

오늘의 인생

그런
오늘의
인생.

타이완,
오전 10시
공원.

왼쪽에서는
뜨개질

오른쪽에서는
홀로 체조.

응?

모퉁이를
돌아가
봤더니

너 누구니??

오늘의 인생

흰코사향
고양이가
천천히
멀어졌던
오늘의 인생.

앗,
고양이다.

밤길을
걷는데
고양이가
지나가서

주택 철거
현장 앞을
지날 때

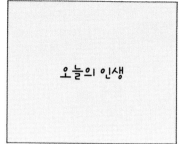

오늘의 인생

하교 중인
초등학교
1학년쯤으로
보이는
여자아이들의
대화.

우크라이나
같다.

응.

오늘의 인생

마침 그때
비눗방울이
날아와서

이거
현실?

꿈속에
있는 것
같았던
오늘의 인생.

깍~ 깍~ 깍~

이쪽을 향해
우는 모습이
연설하는것
같았던

오늘의 인생

하고 싶은
말이 있나.

오늘의
인생.

JR시부야역의
붐비는
플랫폼.

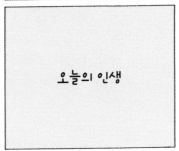

오늘의 인생

공사 중인
철골 끝에
까마귀
한 마리가
내려앉아

오랜
만이다.

신주쿠의
작은 극장
'시네마
카리테'

깍~ 깍~

깍~

다리도 뻗을 수 있고.

여긴 스크린이 작아서 맨 앞이 좋아요.

A열 4 주세요.

조금 일찍 도착해 티켓을 사고

이날 본 영화는 아키 카우리스마키 감독의 『사랑은 낙엽을 타고』

휴우

맞은편 스타벅스에서 커피를 마시는 게 정해진 코스.

핀란드에 사는 남녀의 러브 스토리입니다.

슬슬 갈까.

시네마 카리테는 음료 반입이 가능해서 절반은 영화를 보며.

두 사람 다 인생이 그렇게 순조롭지는 않아요.

늘 제일 앞자리를 골라요.

어?
자기 생활도
힘든데?

돈 걱정에
시달리는
매일.

사룟값은
….

전혀
망설이지 않고
개를 키우려는
그녀에게
놀랐지만

라디오에서
흘러나오는 건
우울한
뉴스뿐.

그래도 금방
이해했습니다.

자신이
일하는
공장을
돌아다니는
유기견이

그녀가
매일 느끼는
분노나
슬픔이나
답답함이

안락사 된다는
소식을 듣고
곧바로
키우겠다고
나선 안사.

라고
생각했습니다.

차분하게
넘쳐흐른
순간이었다는
것을….

존재감이
대단했어.

짧은
영화인데

안사가
유기견을
키우기로
한 것은

왠지

영화를
다 본 뒤

'내 마음속은
누구도
마음대로
건드릴 수
없어'라는

하하하

색이 선명한
옷을 입고
싶네.

그녀의
비명이
아니었을까,

이른 아침에 태어났다고
엄마가 알려준 것은 초등학생 때.
그때는 특별하게 느껴졌다.
그러나
정오에 태어났어도
저녁에 태어났어도
한밤중에 태어났어도
똑같이 느꼈을 것이다.

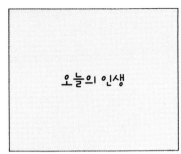

오늘의 인생

밤에 역에서
멀리 떨어진
돈가스 가게
에서 약속이
있었다.

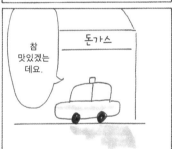

*'산파스(散髮)'는 일본어로 '이발'을 말한다.

마스다 미리 益田ミリ

1969년 오사카 출생의 일러스트레이터이며 에세이스트.
마스다 미리는 평범한 사람들의 '오늘'을 소중하게 여기며, 그들의 이야기를 담백하게 묘사한다. 대표작으로 30대 싱글 여성의 일상을 다룬 만화 〈수짱 시리즈〉가 있으며, 최근작으로 2024년 데즈카 오사무 문화상 단편상을 받은 『누구나의 일생』과 『행복은 누구나 가질 수 있다』 『오늘의 간식은 뭐로 하지』 『런치의 시간』 『작은 나』 등이 있다.
그의 작품 중 〈수짱 시리즈〉 〈우리 누나 시리즈〉 『오늘도 상처 받았나요?』(원제: 스낵 키즈츠키)가 영상화되었다.

옮긴이 이소담

동국대학교에서 철학 공부를 하다가 일본어의 매력에 빠졌다. 읽는 사람에게 행복을 주는 책을 우리말로 아름답게 옮기는 것이 꿈이고 목표다. 지은 책으로 『그깟 '덕질'이 우리를 살게 할 거야』가 있고, 옮긴 책으로는 마스다 미리의 〈오늘의 인생 시리즈〉 『런치의 시간』, 히로시마 레이코의 〈십 년 가게 시리즈〉, 요시타케 신스케의 『나만 그런 게 아니었어』 등이 있다.

오늘의 인생 3
2024년 12월 16일 1판 1쇄 펴냄

지은이: 마스다 미리
옮긴이: 이소담
기획 편집: 고미영
디자인: Praktik
마케팅: 박진우, 전은재
제작처: 북작소
제작: 영신사

값은 뒤표지에 있습니다.
잘못 만든 책은 서점에서 바꾸어드립니다.

ISBN 979-11-982894-9-0 03830

펴낸이: 고미영
(주)새의노래. 10908 경기도 파주시 경의로 1114, 405호
출판등록 제2023-000009호
전화 02 393 2111 팩스 02 6020 9539
info@birdsongbook.com www.birdsongbook.com
Instagram: birdsongbook
.